o amor imperfeito

SARA RATTARO

o amor imperfeito

Tradução
Joana Angélica D'Avila Melo

1ª edição

Rio de Janeiro | 2016

Copyright © Sara Rattaro, 2012
Publicado mediante acordo com Silvia Meucci Agenzia Letteraria —
Milão

Título original: *Non volare via*

Texto revisado segundo o novo
Acordo Ortográfico da Língua Portuguesa

2016
Impresso no Brasil
Printed in Brazil

CIP-BRASIL. CATALOGAÇÃO NA PUBLICAÇÃO
SINDICATO NACIONAL DOS EDITORES DE LIVROS, RJ

Rattaro, Sara, 1975-

R183a   O amor imperfeito / Sara Rattaro; tradução de Joana
Angélica D'Avila Melo. – 1ª ed. – Rio de Janeiro:
Bertrand, 2016.
21 cm.

Tradução de: Non volare via
ISBN 978-85-286-2077-1

1. Ficção italiana. I. Melo, Joana Angélica D'Avila.
II. Título.

CDD: 853
16-35056   CDU: 821.131.1-3

Todos os direitos reservados pela:
EDITORA BERTRAND BRASIL LTDA.
Rua Argentina, 171 – 2º andar – São Cristóvão
20921-380 – Rio de Janeiro – RJ
Tel.: (0xx21) 2585-2000 – Fax: (0xx21) 2585-2084

Não é permitida a reprodução total ou parcial desta obra, por
quaisquer meios, sem a prévia autorização por escrito da Editora.

Atendimento e venda direta ao leitor:
mdireto@record.com.br ou (0xx21) 2585-2002

Para Maddalena e Carlotta

SUMÁRIO

ALICE

O importante é manter os nervos firmes / 9

ALBERTO

PRIMEIRA REGRA.

Proteja seu rei / 15

SEGUNDA REGRA:

Jamais ataque, se não estiver perfeitamente
defendido / 67

TERCEIRA REGRA.

Quem domina o centro domina todo
o tabuleiro de xadrez / 127

QUARTA REGRA.

A melhor defesa é um bom ataque / 201

QUINTA REGRA:

É importante prever um ou mais movimentos,
além daquele do adversário / 223

SEXTA REGRA:

Às vezes é melhor sacrificar uma peça
para não comprometer toda a partida / 233

ÚLTIMA REGRA:

O rei não morre nunca, só conhece a rendição / 261

MATTEO

Os peões só são fortes se estiverem unidos / 269

SANDRA

A rainha só se move no final / 275

Nota da autora / 283
Agradecimentos / 285

ALICE

O importante é manter os nervos firmes

Quando me disseram que você iria chegar, senti um choque. Eu não tinha a menor vontade de receber um intruso em casa. Eu, mamãe e papai estávamos ótimos. Naquela noite caía um aguaceiro, e cada trovão trazia consigo algo de pavoroso. Eu queria dizer à mamãe que parir você naquele momento não me parecia uma grande ideia, mas havia muita confusão, e ela, como sempre, fingia que ia tudo às mil maravilhas. Você sabe como é a mamãe, não? Embora as dores a despedaçassem, a preocupação dela era que eu não ficasse sozinha e não a ouvisse gritar.

Afinal você chegou, e recordo que, quando entrei no quarto do hospital, encontrei-o dormindo placidamente nos braços da minha mãe como se ela fosse sua. Não seria muito fácil me livrar de sua presença. Ela o enlaçava com força. Fiquei olhando para você, até que ela estendeu a mão para me convidar a subir na cama.

— Ali, este é Matteo, seu irmão. Você vai ser muito importante para ele.

E, enquanto o papai tirava centenas de fotos nossas, pousei a cabeça no braço dela que segurava você. Creio que tudo começou ali, como nas melhores fábulas, com um simples "era uma vez"...

Todos insistiam em dizer que você era lindo, mas a mamãe não parava de repetir que era também bonzinho, porque a deixava dormir quase sete horas seguidas e comia regularmente. Não me parecia uma coisa tão louvável assim; afinal, eu fazia isso havia oito anos e ninguém se empenhava em ressaltar minha eficiência. Amigos, parentes e vizinhos vinham em procissão à nossa casa para conhecer você. Uma noite o papai até convidou todos os colegas e a famosa Greta, a secretária, uma mulher que devia ter mais ou menos a idade dele e que decididamente não era tão feia quanto ele a descrevera. Acho que a mamãe também reparou, mas, como eu, não disse nada, porque o papai era assim, um simpático malandro.

Alguns meses depois, alguma coisa mudou. A mamãe andava nervosa e chorava a toda hora, enquanto o papai parecia atordoado. De repente mais ninguém veio conhecer você, e os elogios a seu respeito desapareceram. Tratavam-no de maneira estranha e não paravam de se perguntar se você seria como os outros. O engraçado é que, para mim, você continuava parecendo o mesmo. Então, uma noite, me aproximei do seu berço e fiz uma inspeção. Eu procurava o defeito. Praticamente o despi e conferi até mesmo entre os dedos dos pés, atrás do pescoço e nas axilas, mas não encontrei nada diferente. Recordo que você me olhava e ria, talvez porque sentisse cócegas. Corri imediatamente para a cozinha e disse:

— Conferi direitinho, Matteo tem tudo no lugar e também vive rindo e me parece melhor do que o irmão do meu colega de carteira, que grita o tempo todo. Então, sugiro mantê-lo assim como ele é!

Os olhos da mamãe se encheram de lágrimas e ela me abraçou sem dizer uma palavra, enquanto o papai me explicava que o problema era dentro dos seus ouvidos e que eu devia ficar sempre por perto para proteger você, mas que sua vida seria feliz mesmo assim, e eu acreditei.

Quando cresceu, você começou a fazer fonoaudiologia quase todas as tardes. Um dia eu tive que ir junto, porque a vovó não podia ficar comigo e o papai estava no trabalho.

Mamãe comprou para mim um álbum de colorir, porque, segundo me disse, sua sessão seria demorada. Na sala onde entramos o silêncio só era interrompido pelas perguntas que Iris, a fonoaudióloga, lhe repetia sem parar.

— Matteo, olhe bem para o desenho. Há três passarinhos num galho. Um voa para longe. Quantos passarinhos restam?

Dois, pensei. Era fácil, mas você não respondia.

— E então, Matteo, são três passarinhos num galho. Um voa para longe e vai embora. Quantos passarinhos restam?

Nenhuma resposta. A mamãe começou a ficar tensa, porque o tom de Iris se tornava mais agudo, como se ela quisesse gritar com você.

— Por que Matte não responde? — perguntei, erguendo do meu desenho a cabeça, enquanto você, cândido como um pardalzinho, dizia:

— Mas *po* que ele voa *pa* longe?

Iris começou a berrar:

— Não lhe perguntei por que ele voa, mas quantos restam, Matteo!

A mamãe prendeu a respiração e, com voz trêmula, disse:

— E por que a senhora grita com ele? Matteo está refletindo!

Foi justamente ali, naquela salinha com cadeiras muito diferentes uma da outra, que a mamãe se ajoelhou diante de mim e, enxugando as lágrimas, me pediu:

— Alice, aconteça o que acontecer, promete que dará sempre a mão a ele?

Assenti e acariciei o rosto dela.

Até hoje, quando não consigo ficar longe de você por mais de uns poucos dias, costumo repetir que a culpa é toda dos passarinhos, e a mamãe ri com gosto.

O importante não é o que acontece, mas o que você for capaz de fazer depois e o quanto isso lhe será útil para se tornar adulto, porque todas as suas certezas mais sólidas sempre começaram por uma dor, uma carência e um erro brutal.

Só existe uma coisa que eu quero corrigir nesta história. Você é quem foi muito importante para mim.

ALBERTO

Primeira regra:

Proteja seu rei

1.

Organizar, eis o que nos é ensinado. Primeiro os brinquedos, depois nosso quarto; primeiro lá fora, depois dentro.

Listamos os números para checar as contas, somos rigorosos em ajeitar a escrivaninha e maníacos em guardar as meias segundo a cor. Arrumamos recibos, contratos, consertamos a máquina de lavar, o motor quando bate o pino, descartamos as pessoas prepotentes. Fazemos tudo isso porque somos capazes, está escrito em nosso DNA e não podemos evitar. Mas, quando se trata da nossa vida, eis que vem o caos, porque organizar significa encontrar uma lógica, fazer uma seleção, e, portanto, perder alguma coisa. Ou alguém.

— Alberto, Alice desapareceu! — A voz de Sandra ribombou na minha cabeça.

— O quê?

— Não foi ao tênis e o celular está desligado.

— Calma, ela deve ter se esquecido do tênis; você sabe que ela não gosta, deve estar farta de ir a contragosto. Certamente, nos dará alguma explicação hoje à noite.

— Como assim? Se fosse tão simples, eu não estaria telefonando para você. Alice não chegou e tenho medo de que tenha acontecido alguma coisa com ela.

"Mas aconteceu uma coisa, sim", eu gostaria de responder.

— Ligou para as amigas dela? — perguntei, tentando dar a Sandra atenção suficiente para não despertar suspeitas.

Se Alice havia fugido sem dizer nada à mãe, eu ainda tinha chance de me safar: poderia fazê-la crer que tudo havia sido um equívoco ou apenas uma leviandade; afinal, ela já era uma mulher, e, como se sabe, as mulheres são todas iguais — adoram acima de tudo as desculpas de um babaca arrependido.

— Claro que liguei. Ninguém tem notícias, desde a hora de saída da escola. Alberto, vou chamar a polícia.

— Polícia? Não exageremos! Você vai ver que não foi nada. Ela pode estar querendo ficar um pouco sozinha.

— Alberto, Alice só tem 16 anos! Que ideia é essa? Ela pode ter sofrido um acidente ou ter sido sequestrada. Como é que você consegue ficar calmo com tudo o que a gente ouve nos telejornais?

— Não demoro a voltar para casa, mas por enquanto procure se acalmar e pense em todos os lugares aonde ela pode ter ido. Se, quando eu chegar, ela ainda não tiver aparecido, então chamamos a polícia.

— Tudo bem.

Eu sabia que Sandra começaria a chorar assim que desligasse.

Foi assim:

Eu e Camilla fechamos o portão do prediozinho no qual ela havia morado por todo o tempo de nossa relação.

Camilla botou a cabeça para fora. "Barra limpa!", sussurrou, com uma pontinha de triste ironia, e eu a segui. Depois se virou de chofre e eu a recebi nos meus braços. Seus lábios chegaram a poucos milímetros de mim, junto com aquele perfume que tantas vezes me envolvera como a coisa mais natural do mundo. Abracei a mulher que eu amava e devorei seus lábios carnudos e vermelhos. Eu era como um adolescente despreocupado, e, por um instante, tudo voltou ao seu lugar, todas as discussões e as dúvidas daqueles meses se dissolveram no ar.

— Papai!

Duas sílabas estridentes me transformaram num bloco de pedra. Eu e Camilla, ainda abraçados, nos voltamos ao mesmo tempo e olhamos aquela que, para minha amante, devia ser apenas uma mocinha maquilada demais para a própria idade: Alice, minha filha, estava a poucos metros de mim, com uma perna ligeiramente diante da outra, como se ela tivesse parado de repente, boquiaberta, olhos arregalados. Um sorvete de casquinha caiu de sua mão e, sacudindo a cabeça, ela começou a recuar, amedrontada: "Não, não, não", e, num instante muito breve, que não me permitiu sequer me soltar daquele abraço, fugiu tão velozmente que eu tive a esperança de haver somente imaginado a cena.

Causar um dano, ferir, provocar dor, eis do que somos capazes. E depois, por mais que tentemos estar atentos, por maior que seja a cautela que nos impomos, espera-nos sempre e somente um caminho: encontrar um modo de reparar as feridas que infligimos.

Tentei correr atrás dela, mas não consegui alcançá-la. Bastaram poucos passos para me mostrar a diferença entre um ultraquarentão com sobrepeso e uma jovem de 16 anos empenhada em fugir dos destroços de suas certezas.

Subi para o escritório, esperando encontrá-la ali, mas Greta me confirmou o que eu temia.

— Doutor, Alice acabou de passar por aqui à sua procura.

— E o que você disse?

— Que o senhor estava no dentista. O que eu deveria dizer?

— Perguntou o que ela queria?

— Não. Ela esperou um pouco e desceu para comprar um sorvete. Com certeza já deve estar voltando — disse Greta, aproximando-se da máquina de xerox.

Peguei o celular e teclei o número da minha filha. Caiu na caixa postal.

"Alice, é o papai. Me ligue assim que receber esta mensagem. Precisamos falar do que aconteceu. Por favor, me deixe explicar." E, com o coração na mão, acrescentei: "Vamos encontrar uma solução, prometo."

Sentei-me à escrivaninha e rezei baixinho para que o telefone tocasse. Tentei elaborar algumas frases: *Alice, não é o que você pensa* ou então: *Alice, me escute, eu posso explicar; é só uma velha amiga que eu não via há muitos anos.* Depois, segurando a cabeça entre as mãos, disse a mim mesmo: "Quem estou tentando enganar, cacete? Ela deve ter corrido para contar tudo à mãe. Como pude ser tão idiota? E agora, o que é que eu faço?"

Não sei o tempo que passei ricocheteando entre o visor do celular e todas as desculpas mais impensáveis, quando finalmente meu telefone tocou. Agarrei-o e tive um calafrio: o nome da minha mulher reluzia diante dos meus olhos.

Como agir para fazer a coisa errada do jeito certo? Venho pensando nisso a vida inteira, mas nunca cheguei a uma conclusão segura, e assim todo o meu orgulho de pai e de homem se despedaça contra este meu sonho pela metade, e me sinto um nojo. Depois vem a lembrança de você, e pronto, me enterneço de novo, hoje como antigamente.

2.

Liguei várias vezes para Alice com uma regularidade maníaca. Conseguir falar com ela antes de qualquer outra pessoa era minha prioridade. Eu sabia que alguma coisa havia se despedaçado.

Mas por fim peguei o paletó e fui para casa. O trajeto de carro parecia não acabar nunca. Eu me perguntava o que me esperava atrás da porta. Alice e a mãe abraçadas, numa espécie de coalizão inteiramente feminina contra o canalha que eu era?

O celular tocou.

— Alice ainda não apareceu. Estou ficando louca! Onde você está?

— Chegando aí.

— Já deveria ter chegado. Que diabo de caminho você fez?

— É o trânsito — respondi, sentindo-me indefensável.

— Não estou nem aí para o trânsito. São quase 6 da tarde, já escureceu muito, e Ali... — A voz dela estridulava.

— Sandra, fique calma. Pense em Matteo; não quero que ele se apavore. — E torci para que os problemas de audição do meu filho o protegessem.

Quando entrei em casa, Sandra correu ao meu encontro. Nas mãos, um lenço de papel e o celular.

— Onde está Matteo?

— Lá dentro com minha mãe. Já perguntou pela irmã e não sei o que dizer. Ainda bem que ele não consegue ouvir tudo.

Eu me aproximei e abracei-a.

— Vai ficar tudo bem. Você verá que foi só uma pegadinha.

— Estamos falando da nossa filha. Ela não faz *pegadinhas*. Tem um irmão surdo desde pequena aprendeu a ser responsável e a respeitar os horários. Não entendo como você pode ficar tão calmo; só você sabe.

Alice, que estuda a língua dos sinais junto conosco, que insiste em usá-la junto com a escansão das palavras para que seu irmão aprenda a se expressar das duas maneiras. Alice, que assiste sem áudio aos desenhos animados preferidos de Matteo, esforçando-se para ler as legendas, que passa horas fazendo-o repetir as letras do alfabeto, como nos ensinou a fonoaudióloga. Alice que chama os aparelhos endoauriculares de "estrelinhas", Alice, Alice, Alice... quando foi que eu esqueci o quanto você é importante?

— Calmo? Um dos dois tem que ficar calmo — respondi.

— Devem ter sido todos aqueles cursos de *team management* que você é obrigado a fazer e que o transformaram num animal de sangue frio! São 6 horas, e não temos notícia de Alice desde uma da tarde. Aconteceu alguma coisa com ela, e eu... — A voz de Sandra ficou esganiçada e ela recomeçou a chorar. Abracei-a e acariciei seus cabelos. Gostaria de lhe dizer que havia visto Alice por volta das 15h30, mas fiquei calado.

Depois, soltando-se de mim, ela disse:

— Vou ligar para a polícia! Alice é menor de idade; eles têm que fazer alguma coisa!

E, enquanto ela teclava o número, tentei novamente falar com minha filha, esperando que a voz dela me livrasse da angústia.

Nenhuma resposta.

— Pode ser apenas uma fanfarronada de jovem. Isso acontece com os adolescentes, e a maioria volta para casa nas primeiras doze horas — disse o policial que veio à nossa casa depois do telefonema.

— Chega! Se eu ouvir de novo essa frase... — Minha mulher se lançou contra o homem de uniforme, gritando: — Minha filha não faz essas coisas; será possível que ninguém mova um dedo?

Aquelas palavras não podiam convencê-la. Não a Sandra.

Ela era uma mãe a quem, sete anos antes, haviam dito uma terrível verdade: "Seu filho sofre de hipoacusia bilateral grave" e que, mesmo sem saber o que isso significava, não se dera por vencida, decidindo descobrir rapidamente tudo sobre aquele mundo.

Alice já estava com 7 anos, e nós já não éramos dois jovenzinhos, mas era como se nos faltasse alguma coisa. Então, decidimos ter Matteo. Não foi uma gravidez fácil, mas o nascimento dele foi sem dúvida a coisa certa, e estávamos prontos a lhe dar todas as oportunidades possíveis. Matteo era saudável, bonito e forte, e havíamos depositado nele todas as nossas expectativas. Nós o estimulávamos com jogos didáticos, quebra-cabeças, sons, manipulações. Em nosso coração, queríamos que ele tivesse tudo desde já; assim lhe facilitaríamos as coisas. Tínhamos grandes planos: escola internacional desde o maternal para que ele fosse bilíngue e um dia pudesse se sentir cidadão do mundo, esportes, música. Muitíssimas ideias que, se para Alice havíamos considerado com cautela, para Matteo já eram possibilidades. Estávamos mais velhos e experientes, economicamente estáveis, e podíamos fazer escolhas.

Matteo tinha pouco mais de 6 meses quando Sandra um dia voltou alarmada para casa, trazendo-o nos braços. Eu acabara de pegar Alice na casa da avó e estava assistindo a um desenho animado com ela.

Sandra me contou que uma menina da mesma idade de Matteo se voltara para a mãe quando esta a chamara, ao passo que nosso filho parecia não reconhecer o próprio nome.

— Ele é menino, Sandra, e você o compara com as meninas... Nós somos mais lentos e menos espertos, vocês vivem reclamando disso. Matteo não é diferente dos outros. Pode acreditar: um dia, quando menos esperarmos, ele vai correr atrás de uma bola driblando os adversários, fará um gol fabuloso e se voltará para a torcida, que estará gritando o seu nome!

Passaram-se algumas semanas, e Sandra ficava cada vez mais nervosa:

— Ele sabe abrir gavetas e empilhar cubos de madeira, mas não diz uma palavra.

— Você o levou ao pediatra?

— Levei. Ele se mexeu quando ouviu uma campainha tocada às suas costas, então o médico disse que está tudo em ordem. De qualquer modo, ele me aconselhou a consultar um neurologista para ter mais tranquilidade.

— Não acha que é exagero? Um neurologista? Nosso filho é perfeito. Deixe-o curtir os únicos anos da vida nos quais não deve nada a ninguém. Você não imagina como eu queria ter a idade dele e só pensar em comer e dormir!

Então acariciei o rosto dela, beijei-a, porque não queria parecer muito rígido, e sussurrei:

— Está tudo bem, e Matteo precisa de que sua mãe esteja tranquila. Ele tem a vida inteira para combater as histerias femininas, deixe-o se iludir enquanto pode.

Matteo estava ocupado em chupar a mão, com uma carinha sonolenta. Sandra o ajeitou no berço e ele adormeceu tranquilo.

— Quer que eu lhe prepare um banho quente? Pode deixar que eu olho Matteo; assim você relaxa um pouco!

— Não quero banho nenhum, Alberto. Não consigo tirar da cabeça que alguma coisa não vai bem. Eu sinto, sou a mãe dele. Com Alice era diferente...

— Qual Alice? Nossa filha? Aquela que é nota dez em tudo, desde os 6 anos de idade? — retruquei, em tom deliberadamente irônico. Depois segurei as mãos dela e continuei, esperando fazê-la sorrir: — Alice é como você: fantástica! E Matteo puxou ao pai. Lamento, mas você está lidando com um machinho, e não há tanta diferença assim entre um de 6 meses e um de 40 anos!

Ela suspirou, mas não parecia convencida pelas minhas palavras. Então, decidi passar à ação.

— Não me odeie, meu amor. Vamos fazer o teste aqui mesmo, e você verá que sua ansiedade vai embora.

— O que você pretende?

Fui até o quarto de Alice, peguei o gravador dela e coloquei-o junto do berço.

— Alberto, ele está dormindo!

Apertei a tecla PLAY e aumentei o volume ao máximo. De repente um som altíssimo e esganiçado ricocheteou entre as paredes. Sandra se crispou e estendeu as mãos para o berço, pronta para tirar o menino, e eu apertei os olhos.

Em seguida observamos Matteo, que dormia sereno.

Não era isso o que eu queria demonstrar.

— Sei o que estou dizendo, minha senhora. Por favor, me faça uma lista de todos os lugares onde sua filha poderia estar e de todas as pessoas a contatar. — O policial procurava se mostrar colaborativo na tentativa de acalmar Sandra.

— Mas se eu soubesse onde ela está não teria chamado o senhor!

— Não posso descartar nada. Ela tem um namorado com quem possa ter fugido ou de quem se afastou depois de uma briga?

— Não, nenhum namorado.

— Desculpe, senhora, mas muitas vezes os pais são os últimos a saber dessas coisas. Não lhe ocorre o nome de algum amigo de quem ela costuma falar? Poderia ser um colega de escola ou o filho de algum conhecido.

Sandra continuava balançando negativamente a cabeça.

— Aconteceu alguma coisa diferente, alguma coisa que poderia perturbá-la?

Meu coração despencou no estômago.

— Não; ela foi normalmente à escola, mas depois faltou à aula de tênis e desapareceu.

— Ela não gosta de tênis... — intrometi-me, tentando aliviar a tensão.

— Bom, significa que ela pode não ter ido de propósito, e...

— E o quê? São sete da noite. Mesmo que tivesse ido dar uma volta, já teria retornado. Ela sabe que o irmão se apavora quando não a vê em casa na hora certa e avisaria a ele!

— Avisaria ao irmão? Onde está e quantos anos tem?

— Matteo tem 8 anos e é deficiente auditivo. Para ele a rotina é fundamental, faz parte de sua segurança. Jantarmos todos juntos no mesmo horário é importante, e Alice sabe disso. — Em seguida, como uma bola murcha, Sandra desabou no sofá. — Por favor, faça alguma coisa! — Encolheu-se toda e recomeçou a chorar.

— O celular de sua filha está no nome de quem?

— No meu — respondeu Sandra.

— Isso acelera as coisas. Podemos acessar a caixa postal. A senhora tem a senha?

Sandra ficou perplexa. Nunca havia imaginado escutar as mensagens de Alice e parecia despreparada. Depois se levantou, dizendo:

— Não sei de cor, mas acho que está escrita no contrato ou na caixa do telefone. — E foi buscá-la.

Comecei a me agitar:

— Devem constar todas as nossas mensagens de hoje; ligamos mil vezes para ela.

Sandra voltou com uma caixa e uns papéis.

— Deve estar aqui dentro — disse, entregando tudo ao policial, que começou a ler.

— Aqui está — exclamou ele. Torci para que acontecesse alguma coisa que os distraísse.

— Senha errada. Infelizmente sua filha personalizou a senha de acesso à caixa postal. Tem ideia de qual poderia ser?

— Talvez a data de nascimento dela, 0906 — murmurou Sandra.

— Não entrou. Mais alguma?

— Experimente 1207!

— Conseguimos; é esta mesmo. Parabéns! — O policial sorriu, como se aquilo fosse um jogo.

— É a data de nascimento de Matteo — sussurrou minha mulher, estendendo a mão gelada para mim.

3.

O policial continuava com o celular na mão. A voz metálica da secretária eletrônica havia mandado inserir a senha, seguida da tecla jogo da velha.

Há oito novas mensagens. Primeira mensagem.

Senti a temperatura subindo e meu rosto queimando.

"Querida, é a mamãe, me ligue logo, por favor", às 15h37 de hoje.

Em seguida veio a minha voz:

"Alice, é o papai. Me ligue assim que receber esta mensagem, precisamos falar do que aconteceu. Por favor, me deixe explicar. Vamos encontrar uma solução, prometo", às 15h53 de hoje.

Sandra pestanejou várias vezes e se voltou devagarinho para mim sem dizer nada. Eu fiquei mudo, enquanto ao fundo a voz gravada encadeava os apelos dela, cada vez mais alarmados.

— Eu avisei a você às 16h11 desta tarde — disse-me, depois de consultar seu celular. Em seguida, como se estivesse em chamas, antes mesmo que o policial juntasse as peças, minha mulher estava a um centímetro do meu rosto:

— O que aconteceu hoje com Alice?

— Sandra, eu posso explicar...

— Explicar o quê? Agora? Estou procurando Alice o dia inteiro e você, inocente como um menino, diz que vai me explicar alguma coisa? ONDE DIABOS ESTÁ MINHA FILHA E O QUE ACONTECEU HOJE?

— Eu a vi. Por volta das 15h30, perto do meu escritório... Ela estava bem, garanto.

— E o que ela lhe disse? Por que não volta para casa? Por que estava com você? — Sandra gritava e movia a cabeça em pequenos impulsos. — Alberto, fale, caralho! O que você está me escondendo? — Seu rosto estava vermelho e inchado.

— Não nos falamos; ela fugiu antes que eu pudesse detê-la.

— Fugiu?

— Sim.

— Fugiu de quê? Você a flagrou fazendo alguma coisa que não devia?

E sua confiança cega em mim me aniquilou definitivamente.

Confiança e respeito, eis o que nós éramos antes de mim e de Camilla.

Recordo aquele dia no hospital. Matteo estava sentado nos joelhos da mãe. Depois da trágica experiência com o gravador, havíamos decidido procurar um especialista antes que fosse tarde demais. Esperávamos que se tratasse de um fenômeno transitório e curável.

O equipamento utilizado pelo neurologista parecia muito simples. O menino era distraído por um estímulo visual, enquanto o médico, sem se deixar ver, produzia ruídos. Matteo continuava fitando as mãos da enfermeira, que agitava uma espécie de leque colorido.

Sandra obedecia a todas as ordens com a ansiedade da mãe que tem medo de haver errado em alguma coisa, a mesma que a levara a me pedir, pouco após o nascimento de Matteo, que contasse os dedos das mãos e dos pés dele. Os médicos e as enfermeiras se moviam de cabeça baixa, sem dizer nada. Eu permanecia de pé, esperando não ceder à dor. De vez em quando Sandra me olhava, procurando em mim todas as explicações que ela não conseguia encontrar. Alguma coisa não batia, e ela percebia isso antes de todo mundo.

Sem se estender em comentários, o doutor disse: "Quero fazer um exame específico", esclarecendo que, para isso, deveria sedar o menino. Nós consentimos. Assinamos uns documentos, e, poucos minutos depois, Matteo adormecia com o crânio untado de gel transparente e coberto por eletrodos ligados a uma máquina. Também lhe puseram uns enormes fones de ouvido e, como a cabecinha dele era muito pequena, pediram que eu os mantivesse na posição correta.

Terminado o exame, para vesti-lo de novo com calma, sentamo-nos na sala de espera, junto de uma mulher e um garotinho de poucos anos que usava evidentes aparelhos auditivos. Apertei a mão de Sandra no momento em que ela os viu. A outra mãe nos olhou e disse:

— Só existe uma coisa mais difícil do que a surdez. Manter todos unidos e enfrentá-la juntos.

Jamais comentamos aquelas palavras, pois tínhamos sempre algo mais importante a fazer, mas, naquele momento, compreendi que aquela frase seria o amuleto secreto ao qual deveríamos nos agarrar com todas as nossas forças. Aquela frase nos grudou um ao outro, demonstrando que daríamos conta, que seríamos diferentes e melhores para Alice e Matteo. Superaríamos tudo, até mesmo aquela viagem tão difícil através do silêncio.

E era verdade: havíamos superado a provação mais difícil. Mas, em um instante, algo inesperado iria nos modificar para sempre.

Uma psicóloga, especializada no tratamento dos problemas de crianças com deficiência auditiva, nos explicou que as reações emocionais dos familiares de um paciente surdo, no momento do diagnóstico, são comparáveis às que eles teriam diante da morte do próprio filho. Não recordo suas palavras exatas, mas foi como se ela tentasse nos explicar que aceitar nosso filho equivalia a compreender que havíamos perdido todas as esperanças e os sonhos que acalentávamos em relação a ele.

Saímos da primeira sessão completamente arrasados. Sandra levava Matteo nos braços e o passava para mim a cada vez em que estava prestes a chorar.

— Não quero mais ir àquela mulher!

— Querida, sozinhos nós nunca conseguiremos. Vamos fazer mais uma tentativa. Precisamos saber o máximo possível sobre isso.

Eu a convenci, e de certo modo foi como se a parte difícil tivesse sido superada. Agora, devíamos compreender o que fazer e quais erros evitar. E nos tornamos bastante eficientes.

"Vocês devem estabelecer um contato ininterrupto com Matteo; uma cumplicidade por meio das coisas de que ele gosta irá ajudá-los a compreendê-lo e a serem compreendidos. Ele deverá seguir um programa de reeducação acústica, indispensável para aprender a falar. Ainda há tempo para obter bons resultados."

Da segunda sessão em diante, ficamos um pouco mais aliviados, e, com o tempo, aqueles encontros se tornaram fundamentais.

— ALBERTO! — Sandra berrava meu nome com raiva e desespero, indiferente ao fato de que todos a escutariam, até mesmo Matteo.

> *Porque a devemos a alguém.*
> *Ou porque não temos escolha.*
> *Ou porque não nos resta nada a dizer.*
> *É por isso que dizemos a verdade.*

— Eu estava com uma mulher e... lamento.

O silêncio deixou tudo em suspenso. O policial se crispou, sem desviar de minha mulher o olhar, consciente de que ela poderia fazer qualquer coisa e pronto para intervir.

Sandra começou a soluçar:

— O quê? O quê? O QUÊ? Quem é? O que estavam fazendo? Você não pode ter uma amante. Nós não podemos...

— E, como se tudo lhe tivesse ficado claro de repente, gritou:

— Canalha nojento! Seu merda! Não é suficiente o que eu tenho de enfrentar todos os dias? Não lhe bastava, não é?

O que nos amedronta não é a morte. É a vida. Quando nos espantamos ao constatar como é difícil enfrentá-la ou como é complicado explicá-la, devemos recordar que, numa fração de segundo, tudo pode mudar.

Na sala o silêncio foi quebrado pela voz cavernosa de Matteo:

— Ma-mãe.

Ela, suspirando, se ajoelhou.

— Está tudo bem, meu anjo, pode ficar tranquilo. Agora a vovó vai lhe dar uma comidinha.

E, com uma carícia no rosto dele, Matteo repetiu duas vezes a frase.

— A-li-ce?

— Ela está bem e volta logo. — Sandra disse na língua de sinais, com a esperança de que fosse verdade.

Minha sogra pegou o menino pela mão e o convenceu a ir com ela para a cozinha.

Sandra permaneceu sentada no chão sem dizer uma palavra.

— Sr. Mainardi, agora o senhor deve nos informar todos os detalhes de hoje. É importante.

Olhei minha mulher, desabada no chão, e comecei:

— Vi minha filha mais ou menos às 15h30. Ela havia ido me procurar no escritório, mas eu ainda não tinha voltado, então ela desceu para tomar um sorvete, e aí nos encontramos.

— O senhor disse que ela fugiu porque o viu com uma mulher; portanto, podemos supor que se afastou por espontânea vontade e que não está em perigo. Faz ideia de onde ela pode estar?

— Se eu soubesse, teria dito!

— Queira desculpar, mas agora é difícil acreditar no senhor.

Sandra se arrastou de lado e, agarrando-se ao sofá, se levantou.

Com a cabeça baixa, dirigiu-se à cozinha.

4.

— Mandei uma patrulha inspecionar este bairro e o da escola da filha dos senhores. Há boas probabilidades de que Alice tenha se refugiado em algum lugar conhecido, habitual. Aqui está meu contato. Qualquer coisa de que se lembrem, detalhes, nomes ou, melhor ainda, se ela aparecer, peço que me avisem.

O policial que havia assistido a uma das conversas mais íntimas da minha família estava me estendendo um cartão de visita, enquanto eu assentia atordoado do canto do sofá no qual me sentara por medo de entrar na cozinha.

— Tudo bem — gaguejei, enquanto ele se afastava.

Do sofá eu conseguia vigiar um pedacinho da cozinha. Sandra se movia aos trancos. Colocou e tirou os pratos da mesa, depois parou e apoiou as mãos na pia, como se quisesse arrancá-la. Estava furiosa, mas eu tinha certeza de que o medo por Alice predominava.

Ela se voltou, e nossos olhares se cruzaram de longe; o dela nauseado, o meu amedrontado. Avançando em minha direção como um touro, atravessou a cozinha, fechando a porta atrás de si para proteger Matteo, e se precipitou em cima de mim.

— Você é um canalha. Chega desse olhar idiota de cordeirinho perdido, porque a única coisa que eu queria agora seria fazê-lo desaparecer. E saiba que, se tiver acontecido alguma coisa com ela, a culpa será toda sua! — Em seguida acrescentou, com os olhos quase saltando fora das órbitas: — E, assim que ela voltar, faça suas malas!

Um abalo interminável tomou conta de mim, eterno como cinco segundos de terremoto.

— Sandra, eu...

— Que diabo você pensava, hein? Vamos, sou toda ouvidos. Me conte em que pensava quando trepava com ela... Sabe qual é a vantagem de ter um filho surdo? É que a gente pode se permitir dizer em voz alta tudo o que pensa ao canalha do marido. Um privilégio que muitas mulheres invejariam! — Sua respiração se acelerava, e o rosto estava em chamas. — Quando transavam? Quero saber, quando? Quando eu levava Matteo à fono ou então quando eu silabava infinitamente a palavra "bola", certo? Você é um coitado, Alberto, e jamais permita que outra mulher toque nos meus filhos! — Ela gritou até que sua voz se embargou no pranto e, então, fugiu de mim.

Fiquei imóvel, minha mente sendo preenchida pelas palavras de Sandra, que se escoavam sobre as imagens de nós quatro felizes e unidos. Mas era como escutar um réquiem, que servia de fundo musical para dois jovens dançarem, despreocupados.

Sequei as lágrimas com os dedos e me lembrei de certa noite, pouco tempo antes, quando ao entrar em casa fui recebido pelos meus filhos, juntos no sofá.

Matteo se sentara atrás de Alice e a penteava, enquanto ela parecia hipnotizada diante da tevê. Ele passava cuidadosamente a escova entre os cabelos louros-acinzentados, começando em seguida a entrelaçá-los. Instantes depois, já estava prendendo uma trança espessa com uma fivela em forma de laço.

E se meu filho fosse gay? Não era a primeira vez que eu formulava esse pensamento. Perguntava-me se a única explicação para tanta delicadeza seriam suas dificuldades na comunicação. Quem sabe eu deveria passar mais tempo com ele?

Deixei a pasta na poltrona e me meti na cozinha.

— Matteo costuma escovar os cabelos de Alice?

— Sim. Faz isso todas as noites, e a princesinha não recusa!

— Todas as noites?

— Sim, antes do jantar, e às vezes durante a tarde.

— É normal?

— Normal o quê? Escovar os cabelos da própria irmã? Você preferiria vê-los brigar?

— Não, eu só me perguntei por que ele parece não gostar de brincadeiras de homem.

— O que você quer dizer?

— Nada de especial. Era só uma constatação.

— E o que você constatou?

— E se ele fosse gay?

Sandra se voltou de chofre.

— E daí? O importante é que Matteo esteja bem e seja ele mesmo. Talvez, no mundo silencioso em que vive, as coisas de mulher sejam mais tranquilizadoras para ele. Você não pensou nisso? — E, pegando mais pesado, acrescentou: — Além do mais, se ele consegue expressar sua parte feminina, isso me alegra! Assim, quem sabe, me poupará de escutar outras babaquices de machos nesta casa.

Não respondi e, não muito convencido, me dirigi para a sala.

Alice estava explicando alguma coisa ao irmão, eu a via mover dedos e braços com segurança. Não entendi, mas fiquei hipnotizado pelos seus gestos. Depois Matteo caiu na risada, e sua alegria me contagiou, afastando aquele pensamento estúpido.

5.

Matteo estava diante de mim, puxando a manga da minha camisa. Seus olhos inteligentes e profundos me explicavam por que o destino o escolhera: ele seria capaz de se comunicar até mesmo sem a boca. Levantei-o para sentá-lo nos meus joelhos, enquanto ele, com as mãos, me perguntava o que havia acontecido.

— Deixei a mamãe brava.

Ele continuou me encarando como se quisesse uma explicação.

— Proteja seu rei e... — Escandiu cada sílaba lentamente, mas de modo quase claro.

— O quê?

— É a primeira regra!

Meu filho me parecia mudado. Agora, compreendê-lo se tornara mais fácil. Ele estava crescendo: seu peso sobre meus joelhos era uma prova disso, e a fluência com que pronunciava certas palavras era outra.

— A primeira regra...? — Não pude concluir a pergunta: Matteo pulou do meu colo e se afastou.

"E quais são as outras regras? Controle o centro? Jamais ataque se não estiver perfeitamente defendido?" Vieram-me à mente as palavras que meu pai repetia quando me ensinou a jogar xadrez, mas Matteo já se afastara demais para poder me compreender. Fazia tempo que eu não ouvia falar daquelas regras, porque nós as tínhamos substituído pelas mais adequadas a disciplinar nosso filho. Todas as crianças adquirem segurança com a rotina, mas ele, mais do que qualquer outro, estava habituado a organizar tudo. Sandra havia estabelecido regras para lhe ensinar boas maneiras, mas certamente não o ensinara a jogar xadrez: ele não podia... ou será que podia? Sim, claro: mais, seu silêncio o ajudaria nas estratégias.

— Vou procurar Alice. — Sandra reapareceu já de casaco. — Avisei também aos pais dos colegas de escola. Quanto maior o grupo, melhor. — Abriu a porta e saiu.

Pulei de pé e corri atrás dela. Procurar Alice era a única coisa que devíamos fazer, e nós a faríamos juntos.

Certa noite Sandra tivera uma crise.

— Você sabe o que significa ser surdo?

A psicóloga que havíamos consultado nos advertira. Chegaria a consciência. Começaríamos a nos dar conta do que estávamos vivendo.

Minha mão buscou a de minha mulher, na esperança de que isso bastasse para acalmá-la.

— Significa que Matteo não ouvirá os carros na rua nem as buzinas; não perceberá se algo o estiver alcançando pelas costas ou se alguém o chamar para avisá-lo de um perigo. Ele nunca estará em segurança.

A psicóloga tinha razão em uma coisa: a percepção dele jamais seria igual à nossa. Eu pensava no rumor das ondas, na música e nas palavras sussurradas pela pessoa amada. O certo era que nós dois até nos disporíamos a trocar nossos ouvidos pelos dele.

Sandra passou à ação e iniciou uma pesquisa meticulosa, recorrendo a todos os conhecidos. Telefonava e pedia informações a quem quer que pudesse ajudar, e obteve o nome de um luminar com o qual marcou consulta para poucos dias depois.

O encontro com o grande especialista foi difícil.

— Matteo é surdo. — Não era o que desejávamos ouvir. Estávamos ali para saber se os outros haviam se enganado. — A boa notícia é que, se vocês iniciarem logo a fonoaudiologia, dentro de alguns anos ele será capaz de dizer algumas palavras, embora eu não creia que ele possa vir a manter uma conversa em volume normal ou sem ver quem está falando. — O médico pronunciava essas frases cruéis e infundadas sem sequer nos fitar nos olhos, como se Matteo não merecesse suas atenções, enquanto o corpo de Sandra ia se inflando a cada palavra. — Mas convém levarmos em consideração o implante coclear.

E foi como se tivesse chegado o momento que esperávamos, aquele "mas" depois da frase negativa e cortante, aquela última chance que se concede a todo mundo.

— O implante vem dando bons resultados; será como ter um ouvido biônico.

O objetivo dele era claro; pena que nós estávamos muito apavorados e desprevenidos para compreendê-lo.

Sandra e eu nos entreolhamos, sem coragem para fazer outras perguntas. Estávamos arrasados. As palavras dele, pronunciadas com autoridade e segurança, nos encostaram à parede. Se Matteo não fosse operado quanto antes, estaria destinado a permanecer fechado numa bolha.

Ele será um menino normal? Essa era a única pergunta.

Eu estava cheio de dúvidas e sabia que Sandra também, mas não conseguíamos conversar entre nós sobre elas. O medo de que suprimissem a esperança nos dominava.

O silêncio nos conduzia ao longo do mesmo caminho.

Consultas, exames e conversas. Tudo para saber se Matteo era o paciente adequado. Toda aquela movimentação com nosso filho devia nos fazer pensar que estávamos em mãos excelentes, mãos escrupulosas que agiam com cautela e consciência. Porém, quanto mais o tempo passava, mais nos convencíamos de que os especialistas se debatiam no escuro, sem uma meta precisa: entre meus pensamentos, abriu caminho a ideia de que Matteo era uma cobaia a serviço do progresso.

Chegara o dia da intervenção, e Matteo foi preparado. Coletaram seu sangue e tomaram sua temperatura. Sandra parecia anestesiada, como se só estivesse em movimento graças a pilhas invisíveis. Eu caminhava para lá e para cá pelo quarto.

Depois aconteceu uma coisa. No corredor, uma mulher caiu no choro, um pranto desesperado. Sandra foi olhar e se aproximou dela como se a conhecesse. Era a mãe de Alessandra, uma menina com deficiência auditiva na qual haviam feito o implante coclear. Mas já o tinham removido por causa de uma infecção. Não foram as palavras dela, não foi a narrativa daquilo que podia ser apenas um final negativo — a ser evitado, mas que podia acontecer com qualquer um, porque nenhuma intervenção está livre de riscos —, mas o olhar daquela mãe. Fitava Sandra como ela mesma o faria.

Quando minha mulher voltou ao quarto, as enfermeiras acabavam de acomodar Matteo num carrinho para levá-lo ao centro cirúrgico. Ela se deteve, olhou a maca passar à sua frente e atravessar o corredor. Parecia em transe, mas instantes depois partiu correndo.

— Parem! — Sandra estendeu os braços e pegou Matteo no colo. — Não vamos fazer! Vamos embora! — Veio ao meu encontro e me arrastou dali em meio aos protestos dos médicos.

— Vocês vão voltar chorando para me pedir que opere seu filho! — trovejou uma voz que sempre acreditei haver imaginado.

Naquela noite, fomos para a cama conscientes de que nenhum dos dois pegaria no sono.

— E se eu tiver cometido um erro? Talvez não devesse ter me precipitado tanto. — A voz de Sandra atravessou o escuro do nosso quarto.

— Você é a mãe; é quem melhor pode saber o que é bom para ele — respondi, buscando a mão dela sob o lençol. Seu corpo se aproximou de mim para ser abraçado.

Depois daquele episódio, Matteo começou a frequentar a fonoaudióloga quatro vezes por semana.

Recordo bem o momento no qual lhe foram aplicados os aparelhos auditivos. Iris nos ensinou a regular o volume emitindo vocalizações, enquanto segurávamos as próteses junto à boca; explicou que devíamos habituá-lo gradualmente, passando de algumas horas ao dia inteiro em cerca de duas semanas, trocar as pilhas a cada três ou quatro dias e levar os aparelhos à revisão de três em três meses, no máximo.

Falou-nos de tempo e paciência como se fossem dois conceitos inteiramente novos. Devíamos oferecer ao nosso filho os meios para que ele amadurecesse sua linguagem da maneira mais semelhante à norma e que isso se tornasse uma exigência natural. Tudo o que havíamos feito com Alice devia ser amplificado. Assim, Sandra parou de trabalhar e se dedicou a ele. Inventou novos jogos, ajudou-o a explorar o ambiente e a medi-lo, ensinou-o a reconhecer as várias inflexões e as nuances da voz, atraindo-o com tom interrogativo ou exclamativo, habituou-o a distinguir o som e o silêncio. Comprou um tambor, sinos, um xilofone, apitos e uma trompa, usando-os primeiro diante dele e logo depois fora de seu campo visual. Em suma, enquanto eu tentava harmonizar minha renda e as despesas da minha família, ela começou a escalar uma montanha com as mãos nuas. Mas, quando voltei para casa certa noite, e Matteo se virou para mim antes que eu o tocasse, compreendi que Sandra conseguiria. Beijei meu filho e em seguida levantei minha mulher do chão, porque não era só ele que merecia recompensas.

Matteo pronunciou muito tarde sua primeira palavra. Antes disso emitia diversos sons, na maioria sílabas com A e O. Sandra, seguindo os conselhos de Iris, havia comprado letras de plástico colorido — consoantes em azul, vogais em vermelho —, porque o ensino da leitura a um menino surdo precisa de uma preparação de base perceptiva, visual, acústico-tátil.

Assim, ela e Alice passavam as tardes reunindo os sons.

— Agora me dê o A.

— Agora o O.

— Matteo, repita MA, MA, MA.

— Matteo, repita MU, MU, MU.

E assim por diante, uma infinidade de vezes, sem nunca dar espaço ao cansaço e ao desconforto. Até que uma noite, ao entrar em casa, encontrei os três ainda sentados no tapete e rodeados por letras de plástico, ocupados em repetir sílabas ao infinito.

Matteo se voltou para mim e, candidamente, disse:

— Papai.

Sandra teve um sobressalto e soltou um grito. Depois se deteve e, com a expressão de quem perdeu por um triz o primeiro prêmio, sussurrou:

— Mamãe, você devia dizer mamãe!

Sandra se encaminhou como se soubesse aonde ir, embora, no fundo, eu estivesse convencido de que, tanto quanto eu mesmo, ela tateava no escuro. E o escuro estava bem diante de nós, entre os prédios do nosso bairro, no asfalto das ruas tão conhecidas, entre árvores, canteiros, calçadas e carros estacionados.

Ela acendeu uma lanterna e seguiu velozmente para o parque. *Quando estiver escuro, não passem perto do parque!* Eu a ouvira repetir essa frase a Alice e Matteo pelo menos uma centena de vezes. O parque e sua escuridão lhe davam medo.

Antes do pôr do sol, era um lugar acolhedor e familiar, frequentado por mães com carrinhos de bebê, avós e babás que no final da tarde pareciam ceder a vez a indivíduos que, no imaginário das mães, deviam se assemelhar a traficantes e maníacos. Pelo menos, essa era a ideia que lhes ocupava a mente, certamente reforçada mais pelas séries criminais exibidas na televisão do que pelas notícias policiais.

Fosse como fosse, Sandra não gostava do parque depois das 6 da tarde, e vê-la desafiando-o, armada apenas com uma pequena lanterna, me comoveu muito.

Após chegar ao início da trilha pavimentada, começou a gritar o nome de Alice. Eu a ecoava para que soubesse que, naquele lugar horrendo, não estava sozinha.

Pouco depois, reduziu a marcha até parar. Sabendo que eu a tinha alcançado, perguntou:

— E se não a encontrarmos?

— Vamos encontrá-la, tenho certeza!

— E se isso não acontecer? Se ela não voltar para casa, ou se... — sussurrou, levando a mão aos lábios, como para deter as palavras que mais temia. Depois respirou fundo e continuou: — Eu não vou aguentar, Alberto; se Ali não voltar, eu não vou aguentar.

— Não diga isso. Ali voltará sã e salva para casa.

Aproximei-me do círculo de luz que a lanterna, segurada por Sandra, formava em torno dos nossos pés. Estava tão escuro que eu não conseguia ver bem o rosto dela, mas sabia que não precisava: podia imaginar qual era sua expressão e qual o ponto exato onde se encontravam suas lágrimas.

Depois de se alhear por alguns instantes, ela apoiou a mão no meu peito e me empurrou:

— Se tiver acontecido alguma coisa com ela, a culpa vai ser toda sua! — E, virando-se para a escuridão, recomeçou a chamá-la com voz desesperada e aguda.

— Sandra, como posso conseguir seu perdão?

— Não é hora para falar disso. Neste momento eu só quero a minha filha.

— Não a encontraremos no parque. Alice fugiu porque está com raiva de mim, e esse é o modo dela de me punir. Tenho certeza de que não lhe aconteceu nada de grave e de que logo voltará para casa com a expressão amuada de sempre. Aliás, devemos amarrar a cara para ela também...

Sandra continuou caminhando como se não tivesse me escutado.

Ao longe, outras luzinhas se agitavam como vaga-lumes, e por toda parte elevava-se o nome da minha filha: lentamente, o bairro todo se reunira para procurá-la.

— Sandra, por favor, me escute! — berrei.

Minha mulher se deteve. Não sei dizer com exatidão onde estávamos ou qual direção havíamos tomado; caminhávamos sem rumo definido, sem um plano, só porque ficarmos parados em casa, esperando em silêncio, nos angustiava demais. Ouvi o ruído da torrente a poucos metros de nós e compreendi que havíamos chegado ao lado oeste do parque.

No mesmo instante as mãos de Sandra já estavam em cima de mim, violentas e agressivas:

— Será possível que você só pense em si mesmo? Quer que eu lhe diga o quê? Que está tudo bem? Que não aconteceu nada de grave? Que você pode ter sua amante como se nada fosse? Quer dizer a ela que eu mandei um oi? — Recuperou o fôlego e continuou a me bater, enquanto eu recuava levemente, procurando não cair. — Você é tão idiota que a única coisa com que se preocupa é sua própria pessoa! Mas nossa família se compõe de quatro, e eu estou pensando nas outras três. Penso no que Alice está passando e no que Matteo pode ter compreendido, em como a relação deles com você vai mudar. Me pergunto o que minha filha vai pensar de mim se eu decidir perdoá-lo ou mandá-lo embora e, depois, só depois de tudo isso, penso no que eu mesma sinto e, neste momento, não posso dar nenhuma resposta a você, porque NÃO SEI O QUE ESTOU SENTINDO! — gritou ela para o céu.

O silêncio frio entre nós foi de repente quebrado por seus soluços engasgados.

— Não sei o que vai acontecer, mas, se eu tivesse mais forças, iria usá-las agora para feri-lo, e isso me apavora, porque você é meu marido, e as crianças precisam do pai. Tenho medo de que você as magoe do mesmo jeito, porém. Foi você quem aprontou esta confusão, mas agora, como sempre, sou eu que tenho de consertar as coisas.

— Sandra, lamento muito.

— Não basta, Alberto, não basta. Eu não lamento simplesmente, isto tudo me faz mal! Por acaso você pensou em nós quando se jogava na cama dela? Você se lembrou da sua família, nem que fosse por um só instante? Como acha que é viver sabendo que seus filhos o desprezam?

— O que eu posso fazer?

— O que você pode fazer? Já fez o suficiente, não acha?

Percebi seu corpo se afastar de mim e em seguida ouvi um golpe seco, um atrito de folhas, um estalar de galhos, sua voz soltar um grito, e senti sua mão se agarrar à minha como um peso morto. Apertei-a e o corpo de Sandra me jogou no chão. A lanterna foi parar na escuridão que engolia tudo.

Sandra havia tropeçado e caído. Eu me vi deitado ao seu lado, com uma enorme vontade de abraçá-la. Estendi a mão só para aflorá-la.

— Temos que ir procurar Alice — disse ela, levantando-se, e minha mão ficou ali, suspensa no escuro. Para sempre.

A confiança é algo frágil: tem sempre os minutos contados e raramente aceita desculpas.

— Você precisa olhar onde coloca os pés...

— Mas se está tudo escuro! A culpa foi sua, você me fez perder a orientação.

— Como você está?

— Alice! — recomeçou ela a gritar.

— Onde será que nós estamos?

— No fundo do parque, junto à torrente, aonde nunca se deve ir. É a regra, e acabamos de compreender o motivo.

— Regra? Mais uma das regras de Matteo?

— O que Matteo tem a ver? Isso consta do regulamento do parque; está escrito em todo canto!

Pensando no meu filho, perguntei:

— E as regras de Matteo, quais são?

— As regras de Matteo? Do que você está falando?

— A primeira é: "Proteja seu rei". Quais são as outras?

— Alberto, não consigo acompanhá-lo. Não sei se você se deu conta, mas não estamos jogando xadrez.

A voz profunda e gutural de Matteo me voltou à mente: *"Proteja seu rei."* Como eu não tinha pensado nisso? Eu e Alice jogávamos xadrez com frequência, antes de descobrirmos a surdez de Matteo. Ela teria ensinado o jogo ao irmão? Eu nunca havia percebido...

E, como se estivesse prestes a resolver um enigma, falei:

— Vamos, rápido.

— Para onde?

— Para casa.

Segurei a mão de Sandra e me dirigi para as luzes da alameda principal. Quando chegássemos ali, eu tinha certeza de que conseguiríamos compreender qual a direção certa para voltarmos à nossa casa.

E assim foi.

Atravessamos um gramado que, provavelmente, todos os domingos se enchia de cestas de piquenique e de bolas, evitamos tropeçar no arame que circundava os canteiros floridos, reconhecemos quatro bancos que formavam um losango e chegamos à pista onde Alice havia aprendido a andar de bicicleta.

Era um dia de primavera, e Alice estava para completar 7 anos. Eu tinha decidido tirar as rodinhas de sua pequena Graziella cor-de-rosa, e ela havia choramingado:

— Por quê, papi? Eu quero as minhas rodinhas!

— Ali, vamos experimentar. Se você ficar com medo, depois eu as coloco de volta.

Eu a tinha conduzido até o parque, segurando a bicicleta com uma das mãos. Os pés dela se arrastando sobre o calçamento me enterneciam, ela parecia estar indo ao dentista.

— Ali, andar de bicicleta como gente grande é divertidíssimo!

— Mas eu sou pequena!

Tinha razão: era pequena tanto de idade quanto de estatura. Alice era uma daquelas meninas de cabelo liso, uma espessa franja na testa e grandes olhos escuros. Parecia uma boneca: era a menor da turma, mas também a mais bonitinha.

Nos primeiros anos de vida tinha medo de tudo. Não gostava de passar o tempo com quem não pertencia à nossa família, não queria ir ao maternal nem brincar nos jardins públicos com outras crianças de sua idade.

Naquele dia, eu forcei a mão e decidi mudar o jogo.

Alice protestou com todos os meios à sua disposição. Fez cara feia, contraiu-se a ponto de precisar ser carregada nos braços, disse não, produziu algumas lágrimas e fez com que eu me sentisse um péssimo pai, mas não desisti e, no final da tarde, depois de ser acalmada, segurada e lentamente empurrada por mim, minha filha começou a pedalar sozinha.

Aquela lembrança me agradava. Era toda nossa.

Quando Matteo chegou, alguma coisa mudou nela. Alice se tornou cada vez mais independente; era como se a menina mimada e chorona tivesse fugido, cedendo a vez a uma garotinha mais consciente e atenta. Eu sempre havia associado essa mudança ao diagnóstico sobre Matteo — afinal, aquela notícia havia abalado todos nós —, até que Sandra me fez notar que Alice havia modificado sua atitude meses antes, quando o irmão era muito pequeno. Ela havia compreendido antes de todos que Matteo era especial e devia ser protegido. Não sei o quanto esse pensamento era enriquecido pelas fantasias românticas de minha mulher, mas eu gostava de pensar que Sandra tinha razão e que Ali estava preparada antes dos outros.

Assim que entramos em casa, corri ao quarto de Matteo. Minha sogra me perguntou se havia novidades, com uma voz de quem não conseguiria segurar os temores e a ansiedade por muito mais tempo.

Fiz sinal de não com a cabeça e me ajoelhei ao lado do meu filho.

Acariciei seu rosto e perguntei:

— Meu anjo, você gostaria de me contar aonde Alice o leva para jogar xadrez? — Falei devagar, escandindo cada sílaba e acompanhando minhas palavras com a língua de sinais.

Ele me olhou e recomeçou a brincar.

Ergui a cabeça para Sandra, que estava massageando o braço.

— Matteo, escute, é muito importante que você me diga onde está Alice!

Nenhuma resposta, e foi como afundar de novo no abismo silencioso no qual havíamos navegado durante anos.

— Meu amor, eu e a mamãe estamos muito preocupados, você não quer me dizer alguma coisa? Temos medo de que sua irmã corra algum perigo e só queremos saber se ela está bem.

Matteo pousou seu brinquedo no chão e se levantou. Sem dizer nada, dirigiu-se à entrada, pegou sua jaqueta acolchoada no cabide e a vestiu. Eu, Sandra e minha sogra corremos atrás dele.

— Quer nos dizer alguma coisa. Vamos segui-lo!

— Mamãe, você fica aqui, para o caso de alguém telefonar — ordenou Sandra à mãe, e nos precipitamos atrás de Matteo.

Descemos pela escada, cruzamos o portão e dobramos à esquerda. Nosso filho caminhava a poucos metros de nós, embrulhado em sua jaqueta perfeitamente abotoada, como um homenzinho.

— Será que percebeu que nós o estamos seguindo ou estará pensando que o deixamos sair sozinho?

— Claro que ele sabe — respondi a Sandra, virando-me para olhá-la. Com expressão tensa e dolorida, ela mantinha o braço dobrado sobre o ventre, na intenção de protegê-lo.

— Está doendo?

— Um pouco, mas eu aguento. O que é essa história do xadrez?

— Não sei, mas acho que tive uma intuição.

Matteo continuava a andar em linha reta e nós íamos atrás. Havíamos transposto alguns prédios e admirado sua prudência ao atravessar a rua.

— Ele também cresceu — murmurou minha mulher para si mesma, com a melancolia que explode em toda mãe no momento em que descobre que o filho é realmente capaz de fazer as coisas que ela sempre lhe recomendou.

Estávamos ali, ocupados em seguir nosso filho de 8 anos, que parecia seguro da direção tomada, ao mesmo tempo preocupados e admirados com sua movimentação segura pelas ruas do nosso bairro, até que ele reduziu o passo e se voltou para conferir se continuávamos atrás.

— Matteo sempre me pede que eu o segure nos braços.

A fonoaudióloga pousou o papel sobre a escrivaninha e respondeu:

— Ele sente as vibrações da senhora. Apoiando o corpo ao seu peito, pode chegar a compreender palavras através da "via óssea", canal de escuta muito importante. Nos laboratórios de musicoterapia, eles fazem os pacientes se deitarem sobre o piano para poderem ouvir a música com o corpo. Matteo faz a mesma coisa com a senhora.

Sandra ficou sem palavras e aconchegou o menino no colo.

— Mas é a casa da minha mãe! — exclamei, enquanto Sandra acelerava o passo. Alice tinha as chaves de lá.

Esticando-se na ponta dos pés, Matteo tocou a campainha duas vezes e, após uma pequena pausa, mais três. Era um código.

O portão se abriu.

Sandra nos ultrapassou, voando escada acima até o último andar, sem parar, enquanto eu e Matteo tentávamos acompanhá-la.

A porta dupla do apartamento onde eu havia crescido estava encostada. Sandra firmou o pé no último degrau, suspirou e escancarou-a como faria um ariete enfurecido. Ouvi-a chamar o nome de Alice. Em seguida um grito de alegria, daqueles capazes de rachar paredes mestras de um edifício até os alicerces, e eu, sem fôlego, com os músculos doendo e a ansiedade que estava me invadindo, me sentei no capacho. Com meu filho ao lado, me encostei à folha da porta que permanecera fechada.

As vozes de Alice e Sandra eram baixinhas como sussurros velados, e Matteo respirava ritmicamente junto de mim. Tentei pensar que tudo havia acabado, que tudo voltaria à normalidade. Alguma coisa me apertou a boca do estômago e senti o desejo de abraçar meu filho.

— Qual é a terceira regra?

— Janta-se às 8 — respondeu Matteo, e a pressão no meu peito se tornou tão forte que, sem perceber, comecei a chorar.

Seu corpinho se encolheu ao meu lado, ele tentou me cingir com os braços, e, por aquela leve pressão, seu rosto ficou vermelho.

— Por que você está chorando, papai? — perguntou, na linguagem dos sinais.

— Porque eu infringi todas as regras.

Matteo se afastou um pouco e disse:

— Agora vamos todos para casa?

Sorri e o abracei com força.

— Sua filha quer falar com você. Está no quartinho. Eu fico aqui com Matteo.

As pernas de Sandra se impunham na minha frente e seu olhar não podia ser mais altivo. Soltei-me do abraço e me levantei, fazendo apenas um leve aceno com a cabeça.

Eu conhecia bem aquela casa, mas já não entrava ali com frequência, desde que a mamãe também fora embora.

Entre aquelas paredes eu tinha aprendido os mil significados da palavra amor. Primeiro, o amor entre minha mãe e meu pai, tão formal e respeitoso, depois entre mim e Camilla, tão impetuoso e incompreensível, e depois entre mim e Sandra, tão correto e decente.

Ali eu me tornara adulto, acreditara ter superado a decepção com Camilla, e dali tinha saído para me casar com Sandra. Ali havia voltado para buscar as crianças ou para jantar uma vez por semana, durante muitos anos. Contudo, entrar agora, depois de todo aquele tempo e por aquele motivo, me deixava constrangido. Precisei criar coragem.

Alice estava sentada na cama do quartinho onde havia dormido muitas vezes, quando queria ou quando ficava com a avó. As oportunidades não faltavam. Quando seu irmão era mais novo, tínhamos percorrido o país inteiro consultando diversos especialistas para que ele recebesse os melhores tratamentos.

Ao vê-la ali, com uma almofada forrada de tecido cru entre os braços, compreendi que aquele lugar, se para mim era familiar, para ela representava um verdadeiro refúgio. Quantas vezes devia ter se escondido no quartinho, para rir, chorar ou se preocupar? Em que pensava Alice quando, durante vários dias, sua avó a levara à escola, enquanto eu e sua mãe esperávamos em torno de uma maca numa enfermaria de hospital? Será que havíamos explicado tudo a ela da melhor maneira, adequada à sua idade, ou teria sido minha mãe a completar nosso trabalho? Quando apareci na porta do quarto, compreendi qual era a resposta.

— Aprontei uma confusão, papai! Lamento muito.

Alice estava se desculpando? Seria possível que me faltassem todas essas peças para conseguir estar no mundo?

— É culpa minha, Ali!

— A mamãe disse que você confessou.

Não exatamente. Eu tinha confessado porque acabava de ser descoberto, mas, se pudesse, teria mantido aquela história escondida para sempre. A verdade era essa. *Eu não queria mudar minha vida e não queria que vocês soubessem de nada, porque assim poderia continuar a ser aquele de que vocês tanto gostavam.*

— Sim, mas...

— Você quer nos deixar, papai?

— Não, Ali! Não quero deixar vocês... — E era verdade, assim como era verdade que eu também queria ficar com Camilla.

Ali suspirou:

— E faz isso por Matteo?

Respondi com voz segura, sentando-me ao seu lado:

— Não! Vocês são tudo para mim.

— Eu preferiria não saber. — Enquanto dizia isso, minha filha ficou com os olhos marejados, e eu compreendi que, todas as vezes que dissesse aquela frase ao longo da vida, ela pensaria sempre em mim. — Foi por isso que fugi, porque a mamãe também não deveria saber. Mas acabei criando um problema e ela descobriu mesmo assim.

— Estávamos preocupados com você.

— Sei, mas eu... — Começou a chorar, pousando a cabeça sobre meus joelhos. — Tive medo de que você quisesse ir embora e pensei que, se eu fugisse, você não faria isso, não deixaria Matteo e a mamãe sozinhos — continuou, em frases interrompidas pelos soluços.

— Vai ficar tudo bem, meu amor. Nós vamos superar juntos este momento — eu disse, enquanto meu pensamento voava para Camilla e meu sentimento de culpa enchia o aposento.

Alice assoou o nariz, enquanto eu olhava ao redor, constatando que a casa toda parecia habitada.

— Seu irmão foi quem nos trouxe aqui — continuei. — Como é que ele ficou conhecendo as regras do xadrez?

— Foi o que imaginei. Eu o trago aqui muitas vezes para jogar. É uma espécie de refúgio secreto.

— Secreto? Por que não jogam em casa?

— Porque aqui temos silêncio. É o único lugar onde não estou em desvantagem e o desafio é de igual para igual.

— Como vocês tiveram essa ideia?

— Na escola da língua de sinais disseram que é um jogo adequado. Estratégia, raciocínio e intuição. Coisas que não faltam ao meu irmãozinho, isso eu garanto. Ensinei as regras a ele como você fez comigo, lembra? "Silêncio e concentração, Ali; a saída está diante dos seus olhos!" Assim, de tanto fazê-lo repetir, agora ele as sabe melhor do que eu.

— Genial! Então, também posso jogar?

— Talvez comigo, porque duvido que a esta altura você consiga derrotar Matteo! Seja como for, arrume tampões de ouvido. Vai precisar.

De repente, tudo me pareceu incrível. Eu estava tão distante deles que havia perdido tudo isto: meus filhos sabiam se arranjar sozinhos, enquanto eu, sem eles, não sabia dar um passo.

— Podemos continuar vindo aqui?

— Claro! — E, tomando-a pela mão, levei-a para fora do quarto.

Quando Matteo viu a irmã aparecer, correu ao encontro dela.

— Aliii! — gritou, abraçando-a.

Alice o apertou, procurando erguê-lo um pouco do solo.

— Não se preocupe, vai tudo bem. Agora vamos para casa. — Em seguida, antecipando-se a mim, puxou a chave do bolso e a inseriu na fechadura, acionando-a.

Descemos pela escada: Alice e Matteo caminhavam de mãos dadas à nossa frente. Sandra, atrás, se movia em silêncio, e eu fechava a fila, observando-os todos juntos, pensando em como frequentemente a gente não consegue, a olho nu, enxergar as fraturas.

— Filhinha, leve seu irmão para casa. Vou conversar um instantinho com o papai. — Alice assentiu e, cingindo Matteo pelos ombros, se afastou com ele.

— Acho que você deve ficar aqui, Alberto. — Sandra ocupava o espaço que nos separava da calçada e me fitava, séria.

— Como assim?

— Você entendeu muito bem. Não quero que você volte para casa.

— Sandra, vamos conversar com calma.

— Conversaremos, mas não esta noite.

Eu me sentia impotente. Não tinha forças para insistir; talvez ela estivesse certa e aquela era minha punição. Daria para me safar com um castigo de algumas noites?

— Minha cabeça não pensará em outra coisa. Já sei disso. — prosseguiu Sandra. — Agora vou voltar para casa e não importa se vou conversar com Alice ou brincar com Matteo, se vou assistir a um filme ou ler um livro: meu cérebro vai juntar os pedaços, um de cada vez, e me contará tudo.

— Sandra...

— Todas as vezes que você chegou atrasado, em que parecia ausente, todas as reuniões de trabalho sempre na hora do jantar, todas as vezes que o vi olhar para o telefone mesmo que ele não tocasse, o fato de você não me procurar mais na cama, de estar sempre distraído ou, pior, de se divertir ao pensar em algo que, para mim, até hoje era só um mistério... Sim, me virão à mente todos aqueles conselhos que saem nas revistas femininas para uma mulher descobrir se o marido a trai. Minha cabeça pensará obsessivamente, mesmo que eu não queira. Porque não preciso me sentir ainda mais idiota e não quero descobrir que as coisas vêm sendo assim sabe-se lá há quanto tempo, não, não quero saber, mas vai acontecer do mesmo jeito, eu vou compreender tudo e nessa hora é muito melhor que você não esteja por perto...

Sandra se voltou e se afastou.

Engoli uma bolha ácida e entendi que naquele momento a fratura se tornara perfeitamente visível.

Dei um passo à frente, mas alguma coisa me deteve.

Quando a tempestade chega, pensamos em encontrar um abrigo, esperando que ela passe depressa, levando consigo tudo o que não nos agrada. As consequências das nossas ações, as feridas que não cicatrizam e as más recordações. Depois a chuva para, e descobrimos que ela trouxe somente uma refrescada.

Segunda Regra:

Jamais ataque, se não estiver perfeitamente defendido

6.

Cheguei à escola pouco antes do toque da campainha e me dirigi à minha sala. Havia uma estranha ebulição, alguma coisa diferente. Eu não gostava da escola, e a escola não gostava de mim. Era evidente. Eu não pertencia nem às gargalhadas no corredor nem aos cigarros fumados às escondidas no banheiro. Era invisível. Não tinha amigos e não me encaixava nas graças particulares de nenhum professor. Era aquilo que vinte anos depois seria definido como uma pessoa *normal*, se é que alguém se lembraria de mim. Mas aquela era a época desprovida de celulares e de Facebook, na qual ser anônimo era fácil, e eu tinha decidido que isso era bom para mim, tinha encarado o fato como uma escolha pessoal, quase um estilo de vida. Ainda dispunha de tanto tempo pela frente que não fazia sentido desperdiçar energias para ser necessariamente alguém. Primeiro da classe? Eu não era inteligente e estudioso o suficiente. O mais bonito? Ora, não diga! Interessante e simpático? Jovem demais para a primeira característica e tímido demais para a segunda. Eu tinha decidido que, em vez de me esforçar para mudar as coisas, me deixaria levar.

A entrada na sala era sempre igual. Burburinhos e risadinhas prestes a se extinguir diante do tédio, bocejos descontrolados e papel engordurado de *focaccia*.

Mas não naquela manhã.

Estavam todos ao redor *dela*. Fartos cabelos crespos cor de ouro. Apertava a mão de todo mundo. Era uma nova aluna. Parei para olhá-la pelas costas e fui me sentar, sem me aproximar.

A sra. Rossi, professora de latim, entrou na sala e todos correram para suas carteiras. Menos a loura, que, não tendo ainda um lugar certo, se aproximou da mesa da professora. Trocou umas palavras com esta última e olhou ao redor, primeiro para os assentos livres da última fileira, depois na minha direção, e me apontou um dedo.

Eu? Mas eu não era transparente?

— Oi, eu sou Camilla.

Aquilo era um sonho, ou de perto ela era mesmo linda? Fiquei perturbadíssimo. Uma garota, loura e com rosto de anjo, havia escolhido se sentar justamente ao meu lado.

— Alberto — murmurei, achando que aquele era meu dia de sorte.

— Bonito nome. Como o príncipe! — exclamou ela.

Pronto, enigma revelado. Era a típica garota fútil que passava os dias se penteando e pintando as unhas. Eu tinha aprendido a manter distância delas. Só traziam problemas, e no seu caso isso era evidente.

Ela, porém, como se lesse meu pensamento, acrescentou:

— Eu estava brincando.

— Sim, eu percebi — e me voltei para pegar o caderno de versões.

— Sou caloura.

— Também percebi. — Talvez ela tivesse me tomado por um idiota.

— Mas que sorte! Pelo visto, me sentei ao lado do presidente da comissão de recepção! Antigamente eu tinha mais olho clínico...

— Pode mudar de carteira, se quiser. Não vou me ofender. Procure uma garota, elas estão sempre atualizadíssimas sobre todas as fofocas, dentro e fora da escola.

— Você é sempre tão azedo? Ou só de manhã cedo?

— Não sou azedo. Vou falar sinceramente: prefiro estar sozinho.

— Bom, então vai mudar de ideia! Porque eu certamente não vou mudar de lugar. Escolhi você. — E se reclinou no encosto como se estivesse interpretando uma personagem em algum filme para adolescentes.

E, enquanto eu pensava que aquela determinação era realmente exagerada, percebi que todos estavam olhando para nós, em silêncio.

— Quando os dois pombinhos pararem de se bicar, podemos começar! — repreendeu a Rossi, olhando por cima dos óculos. A turma caiu na risada.

Baixei a cabeça, tentando parecer indiferente. Eu não estava habituado a ser o centro das atenções. Primeiro a loura de tirar o fôlego que se senta junto de mim, desafiando o olhar incrédulo dos meus colegas, e depois a reprimenda maliciosa da professora. Sim, eu estava mesmo extenuado e ainda não eram nem 8h30.

Espiei a garota com o rabo do olho e achei que ela parecia uma criatura lunar, mas seguramente muito mais estúpida do que pretendia fazer crer. Tive certeza de que ela se manteria a distância por conta própria, assim que percebesse que aquele não era o lugar mais divertido da classe e que eu era um perdedor.

Durante toda a manhã, não nos dirigimos mais a palavra.

Aquele foi nosso primeiro encontro.

7.

No dia seguinte, senti uma estranha vontade de voltar à escola, um impulso que reduzia à metade minha apatia costumeira. Pensei em Camilla enquanto servia o leite na tigela de cereais. Ela era tudo o que eu não suportava nas mulheres. Espalhafatosa e superficial. Superficial? Desde quando eu fazia julgamentos tão apressados sobre as pessoas que acabara de conhecer? Fosse como fosse, não devia estar enganado; seguramente ela era isto mesmo. Não podia ser de outro modo, e eu iria desmascará-la bem depressa.

Também naquela manhã, ao entrar na sala, notei algo diferente. Eu não via minha carteira. Estava escondida por uma parede humana. Meus colegas tinham se reunido ali, ao redor da minha vizinha. Conversavam e riam.

Perfeito, pensei, agora já não tenho sequer o meu lugar fiel. Hesitei. Depois criei coragem e me aproximei.

— Oi, Alberto! — A voz de Camilla ultrapassou os corpos dos colegas, e, em um instante, estavam todos me olhando, como se eu fosse o calouro, e ela, a veterana.

Hesitei, porque meu nome, pronunciado pelos seus lábios, me causou um estranho efeito: me agradou.

— Oi — respondi, tentando parecer tranquilo. Pousei a mochila no chão e contornei a multidão em busca do meu assento.

A campainha tocou e os colegas se espalharam, um a um. Menos Camilla.

— A garota da segunda carteira me convidou para uma festa na próxima sexta.

Virei a cabeça para o outro lado, como se ela não estivesse falando comigo.

— O que você acha, vamos juntos?

Era comigo? Uma festa?

A tal garota, Brigitta Corsi, costumava dar festas no jardim de sua casa. Eu nunca havia ido. Na realidade, ela desistira de me convidar, depois de certo dia eu ter ficado escondido atrás da sebe do mencionado jardim, tentando desesperadamente criar coragem para entrar.

Minha mãe havia comprado flores para que eu as desse à aniversariante e eu tinha decidido me aventurar à festa, mas ao longo do caminho uma estranha ansiedade me subiu à garganta, como se eu estivesse me dirigindo ao hospital para ser operado. Então fiquei circulando pelos arredores, esperando que ninguém me visse, em busca de um pouco de calma e iniciativa, que no entanto não chegaram. Às 7 da noite, decidi jogar fora as flores e voltar para casa com o ar de quem se divertiu bastante, para que meus pais não pensassem que eu era um antissocial.

Desde aquele dia, Brigitta passou a me considerar um furão mal-educado; afinal, eu podia pelo menos ter avisado.

— Juntos? — balbuciei.

— Sim, eu gostaria — disse Camilla, para então abrir o sorriso mais bonito que eu já vira.

E foi como me preparar para a decolagem e ser invadido pelo medo de voar.

A professora de matemática gritou:

— Vamos começar, garotada, façam silêncio!

Não tive coragem de responder a Camilla. Sentia o estômago revirado e comecei a fitar a lousa, sem prestar atenção.

Irmos juntos a uma festa? O que significava? Comecei a fazer uma lista mental. Eu deveria ir buscá-la em casa? Tinha tirado carteira de motorista havia pouco e precisaria pedir o carro ao meu pai. Primeiro obstáculo a superar. Estacionar sem fazer estragos e subir para me apresentar aos pais dela. Dizer-lhe que ela estava linda e abrir a porta do veículo. Depois dirigir até o local da festa, mantendo uma conversa interessante. Ora, convenhamos! Poderia lhe falar, quem sabe, de *Star Wars* ou do meu computador Commodore 64? Ela se arrependeria imediatamente do convite e, na festa, pediria carona a algum outro, coisa que obteria sem grandes problemas. Para as mulheres é mais simples. Elas só precisam ficar bonitas e sorrir.

Tive um sobressalto na cadeira ao som da campainha. Eu me sentia observado e, ao me voltar, topei com os olhos azuis de Camilla.

— Falando sozinho?

— Não, eu não falo sozinho! — Não podia ter feito isso realmente, e sei lá que diabo ela ouvira.

— Você movia os lábios, parecia em transe. Mas estava bonitinho!

Bonitinho? Senti meu coração saltar fora do peito. Não respondi. Levantei-me aborrecido para esticar as pernas e me distrair. Meu pé se prendeu na perna da carteira e, como se tivessem me puxado o pavimento, me estabaquei no chão, em cima da mochila.

Gargalhada geral.

— Ai, meu Deus! Você se machucou? — Os cachos louros de Camilla ondulavam sobre meu rosto.

— Não — respondi, tentando me levantar —, eu sempre faço isso, entre matemática e física. É meu passatempo preferido.

Ela riu e me ajudou a me levantar. Emanava calor.

Era difícil me concentrar durante a explicação sobre a permeabilidade magnética das substâncias, com Camilla sentada junto de mim, com sua mão que, de vez em quando, me roçava o braço. Notei seus dedos de unhas perfeitamente arredondadas e o modo leve como segurava o lápis entre o polegar e o indicador. Eu a espiava enquanto ela tomava notas.

— Tudo bem? — perguntou.

Estremeci, encabulado. Eu não tinha escrito nada e estava ali, fingindo observar um ponto impreciso da parede da sala. Voltei a mim velozmente:

— Hein?

— Algum problema? Você parece preocupado.

— Não, claro que não.

— Tem certeza?

— Detesto física.

Ela se aproximou, sorrindo.

— Conhecer a diferença entre uma substância paramagnética e uma ferromagnética não lhe parece uma coisa muito emocionante?

Esbocei um sorriso arrogante e me voltei como se tivesse coisas bem mais importantes em que pensar.

— Agora podemos tentar uma pequena experiência — disse a professora, distribuindo folhas entre as carteiras. — Façam duplas, assim limitamos os estragos!

Camilla me encarou, cúmplice.

— Peguem as anotações da última aula e sigam as indicações. Em seguida, respondam às perguntas. Vocês podem encontrar no armário tudo de que precisam.

A experiência consistia em encher parcialmente de água um cilindro graduado. Pendurar um dos corpos ao dinamômetro para determinar-lhe o peso e repetir a pesagem imergindo completamente o corpo na água. A variação do volume do líquido, que deve ser medida, representa o volume de líquido deslocado pelo corpo.

Devia-se repetir a operação com corpos de materiais diversos e completar a tabela.

Eu fazia as mensurações, e Camilla transcrevia os resultados. Por fim, assinou a folha e passou-a para mim para que eu colocasse meu nome ao lado do dela. Hesitei um segundo.

— Depressa, somos os primeiros a terminar.

Rabisquei meu nome e a vi driblar as carteiras para lançar a folha sobre a mesa da professora. Esta olhou o papel e ticou uma a uma todas as respostas certas. Camilla se girou na minha direção e, agitando a folha no alto, bradou:

— Tudo certo, sócio!

Aquele foi o meu primeiro dia de vida.

Às 13h em ponto corri em direção à saída. Queria voltar para a minha toca. Ficar trancado no meu quarto escuro, aumentar o volume do aparelho de som, ligar o computador e naufragar no enésimo embate de *Space Invaders*, deixando do lado de fora Camilla, seus cachos e seu sorriso fantástico.

— Alberto, espere. — Eu não podia acreditar. Camilla estava me seguindo. — E então, vamos à festa na sexta-feira?

— Festa? — Aquilo estava realmente acontecendo?

— Sim, a festa de Brigitta, já lhe falei. Vamos, vai ser divertido. — E depois, não satisfeita, acrescentou: — Não me deixe ir sozinha. Eu ficaria encabulada. Não conheço ninguém.

Claro, e eu, ao contrário, sou o Mister Popularidade!

— Lamento, mas não fui convidado — cortei, porque estava quase me traindo pela emoção, se ela não tirasse a mão de cima de mim.

Camilla me apertou o braço ainda mais.

— Pare com isso! A gente se vê na minha casa às 7. Se você não aparecer, vou dizer horrores a seu respeito para a turma inteira. — Falava em tom ameaçador.

Por que fazia tanta questão?

— Tudo bem — respondi, dirigindo-me à escada sem olhar para trás.

Por sorte, nos dois dias seguintes não haveria testes importantes nem arguições, de modo que ninguém percebeu que eu estava completamente zonzo. Não conseguia pensar em nada que não fosse a festa. Mergulhei numa espécie de pânico permanente. Repassava mentalmente todas as possíveis desculpas que fossem críveis, mas, quando me dava conta de que somente um luto na família iria me salvar, me concentrava no que eu deveria fazer. Era como um trabalho ou uma tarefa na escola. Eu devia apenas me preparar. Sentia ânsias de vômito. Tinha medo.

Meu pai pareceu feliz por me emprestar o carro quando pedi.

— Claro, não vou precisar, pode pegar. Aonde você vai? — perguntou com um olhar cúmplice, de homem para homem.

— A uma festa — me limitei a dizer.

— E vai sozinho?

Não, por favor, papai, não.

— Vou com Camilla. — Falei tão depressa que pareceu um daqueles trava-línguas que ensinam durante os cursos de teatro.

— Nunca ouvi falar dessa Camilla. É novata?

Meu pai sabia os nomes das minhas colegas de escola? Mas ele não estava sempre no exterior, a trabalho? Teriam publicado a formação da minha turma no jornal econômico *Il Sole 24 Ore?*

Assenti.

— Como é ela? Bonita?

Encabulado, assenti de novo.

— Não seja tímido, ao seu coroa você pode dizer!

Olhei irritado para ele; eu odiava essas intimidades com meu pai. Eu o preferia mil vezes fechado em seu escritório, fumando charuto.

Respirei fundo.

— Eu não queria, só que ela insistiu.

— Muito bem, filhote. Assim é que se faz. Fique sempre na sua e não dê muita confiança. As mulheres gostam dos durões; vão cair todas aos seus pés.

Era verdade? Camilla estava me desafiando? Se eu tivesse sido simpático e gentil, as coisas seriam diferentes?

Por sorte, o telefone tocou e papai se afastou de mim, não sem dizer o último de seus clichês: "Você é igualzinho ao seu pai!", comemorou, girando os punhos com uma expressão que, em sua cabeça, devia significar sentir-se moderno.

Dei um suspiro de alívio.

A sexta-feira chegou e, quando me dei conta, já eram quase 7 da noite.

Minha mãe me acompanhou até a porta como se eu estivesse partindo para a guerra. Certamente o papai tinha lhe falado da minha noitada, porque eu havia evitado mencionar o assunto.

— Meu anjo, por favor, vá devagar. Não beba. Dirija com cuidado e cumprimente os pais de Camilla em nosso nome. Talvez eu devesse telefonar. O que acha de eu dar uma ligada, para você não ficar parecendo filho de ninguém?

— Não, mamãe. Nem pense nisso! — cortei.

Sim, eles tinham conversado, e o velho não havia economizado nos detalhes. Saí de casa como se levasse nos ombros uma mochila cheia de pedras. Fechei-me no carro e compreendi que aquele seria o último instante de tranquilidade da minha noite.

Camilla, como que de propósito, estava ainda mais bonita. Calça azul e blusa de malha branca. Esperava por mim na calçada e, quando me viu chegar, sorriu para mim.

Nada dos pais? Um problema a menos.

— Você foi pontualíssimo!

— Pois é! Fugi das recomendações da minha mãe. — Eu teria enlouquecido? Estava conversando!

— Que gracinha. Ela se preocupa com você.

— É uma chata! E você? Não quer que seus pais vejam com quem está saindo? Se você quiser, eu subo para me apresentar.

Ela se crispou e, arregalando os olhos, respondeu:

— Eu moro só com meu pai, e agora ele está dormindo. Talvez em outra ocasião.

Seu tom era estranho, como se sua desenvoltura costumeira tivesse se evaporado. Liguei o rádio.

Estacionar foi facílimo: encontrei uma bela e ampla vaga. Segundo problema resolvido. *Vamos lá, que esta é minha noite de sorte.* Da rua ouvia-se um grande burburinho proveniente do jardim da família Corsi. Antes de entrar pensei naquela vez, cerca de dois anos antes, quando eu me escondera atrás das plantas com o buquê de flores na mão, e tive vontade de sorrir.

Camilla caminhava um pouco à minha frente. Havia recuperado sua segurança. Estava linda. Parecia pertencer a outro mundo.

Cumprimentamos a aniversariante e os outros colegas. Eu com um aceno de cabeça, ela com sorrisos e abraços.

Instantes depois de nos misturarmos à multidão, eu a perdi de vista.

Entrei numa sala grande e vi minha âncora de salvação. No fundo do aposento havia um aquário imenso. Eu tinha lido em algum lugar que era possível passar muito tempo diante do vaivém dos peixes sem sequer perceber. Achei que seria excelente se eu conseguisse levar adiante algumas horas.

Sentei-me no sofá e me deixei hipnotizar.

— Achei! Faz meia hora que procuro você! O que está fazendo aqui?

A voz de Camilla vibrou no meu ouvido, e ela, sem esperar resposta, se jogou ao meu lado como se fitar sem razão aquele mar em miniatura não lhe parecesse má ideia.

O efeito aquário devia ter cumprido seu dever, porque, sem as barreiras habituais, respondi:

— É meio como olhar um céu estrelado; é relaxante.

— Era a coisa mais romântica e poética que eu havia expressado nos últimos dezoito anos. Fiquei gelado. Como eu pudera dizer aquilo? Torci para que ela não tivesse vontade de aproveitar a deixa.

— Mas, diante de um céu estrelado, a gente pode expressar um desejo para realizar sonhos. Acha que isso também vale com os peixes?

— Se você tem um desejo, pode expressá-lo onde quiser, não precisa de estrelas, velinhas ou peixes! — E sorri, baixando a cabeça.

— É verdade! E você tem algum?

— Não. Nem sequer sei quem sou.

Essa frase eu também nunca me ouvira pronunciar. Olhei para o copo de Coca-Cola e me perguntei se haviam colocado ali dentro alguma substância química que estava me deixando mais maleável ou se era só a presença de Camilla. A sensação de frio voltou.

— Pois eu, sim. Tenho um grande sonho.

— Qual é?

— Quero ser bailarina.

Foi como ver uma menina de 5 anos rodopiando diante do espelho. Voltei-me como se tivesse escutado uma banalidade enorme, mas Camilla fitava um ponto no vidro do aquário, imóvel como se já não estivesse ali.

— Como minha mãe — acrescentou.

— Sua mãe dança? — Imaginei a minha tirando o assado do forno, vestida num *tutu*, e me deu vontade de rir. Depois as longas e delgadas pernas de Camilla me fizeram pensar que ela devia se parecer muito com sua mãe.

— Dançava. Morreu no ano passado.

E o tempo gelou como no inverno.

Minha caderneta de boas maneiras, aquela que a mamãe começara a me fazer escrever na quinta série para que eu me tornasse o filho perfeito, educado e motivo de orgulho, recomendava que depois de uma frase dessas eu respondesse: "Lamento muito, posso fazer alguma coisa por você?"

Creio que minha mãe queria uma menina. Tenho quase certeza disso. As boas maneiras nas quais ela insistia sem trégua, as aulas de piano e a leitura de certos poemas bobos tinham me acompanhado durante anos.

Virei-me para Camilla e, fazendo a vontade da mamãe, disse: "Lamento", mas não fui adiante. Não exageremos.

Ela deu de ombros, como se não se importasse, sorriu para mim e continuou:

— Morreu um ano atrás. Por isso é que nos mudamos para cá e que eu estou repetindo a última série do liceu. Meu pai não conseguia se conformar e eu abandonei a escola.

Pensei nos meus pais sãos e salvos, ela na cozinha e ele em seu escritório ou num aeroporto, e me perguntei se eles sobreviveriam à falta do parceiro. Eram dois, mas unidos numa coisa só, como as rodas de uma bicicleta, em perfeita sinergia. Eu via minha mãe acompanhá-lo à porta depois de lhe fazer a mala, antes de algum deslocamento a serviço, preparar-lhe os pratos preferidos sempre que ele voltava de viagem, passar suas camisas para que ele estivesse sempre bem-vestido. E o via retornar sempre com um perfume ou um creme que não se esquecia de comprar no Duty Free, presenteá-la com rosas vermelhas no aniversário dela e repetir-lhe sempre: "O que seria de mim sem você?" quando ela encontrava meias, óculos ou chaves que ele perdia por distração.

Mas algum dia eu os vira trocar um beijo?

— Foi uma bailarina fantástica, e depois passou a ensinar dança. Tinha acabado de inaugurar a escola nova quando adoeceu. Certos males não perdoam as pessoas jovens...

Eu a vi ensombrecer como se um véu fino a tivesse envolvido.

Depois se reanimou e disse com voz vibrante:

— Foi ela quem me ensinou o amor à dança e à música clássica. É por isso que eu quero dançar, porque não sei fazer outra coisa.

Eu não tinha me perguntado como seria Camilla fora da escola até que ela me aguardara já na rua, quando fui buscá-la. Relembrando a cena, de fato seu físico era o que eu imaginaria para uma bailarina clássica.

Camilla bateu no meu cotovelo.

— Ei! Onde você anda? Viajou?

— Não, não. Estou aqui — retruquei, em tom não muito crível. Depois ajustei a entonação e acrescentei: — Vai tudo bem!

— Tem razão, vai tudo bem! — disse ela, apoiando-se levemente em mim.

Eu estava à vontade em sua companhia, e isso era estranho.

— Você tem irmãos?

— Felizmente, não — respondi. — E você?

— Infelizmente, não. — Em seguida me fitou e continuou: — Eu queria ter uma irmã ou um irmão. No momento mais difícil teríamos dividido a dor, e o sofrimento teria sido menor.

— Por quê? A dor se divide? Eu achava que a dor se multiplicava, já que existem mais pessoas sofrendo. — E de novo espiei o líquido dentro do meu copo, porque aquilo que eu acabava de ouvir saindo da minha boca não me pareceu nem um pouco idiota, uma frase qualquer, só para dizer alguma coisa.

Ela apoiou a cabeça no meu ombro e murmurou:

— Eu nunca havia pensado nisso. Acho que você tem razão...

Senti de novo o seu calor.

— Topa fazer uma coisa? — E foi como se me despertassem de um longo sono.

— Fazer o quê? — Eu tinha prometido à minha mãe que voltaria à meia-noite: se me atrasasse, haveria o risco de ela pedir que os helicópteros da polícia me procurassem.

— Confie em mim! — respondeu Camilla, então me puxou à força para me levantar.

— Aonde vamos?

— Ora, mexa-se. Vou levá-lo a um lugar que eu adoro. Seguramente melhor do que este! — cantarolou, apertando-me a mão. Se eu pudesse, teria parado o tempo naquele fotograma, nossas mãos entrelaçadas enquanto ela me puxava para si, olhando para mim com cumplicidade. Aos diabos minha mãe e todo o destacamento policial.

Saímos sem nos despedir, coisa que obviamente não estava escrita no caderno de boas maneiras, mas foi divertido e não foi difícil para nenhum dos dois.

— Agora me dê a chave!

— Hein?

— A chave do carro, eu dirijo!

— Hum. — Balancei a cabeça. — Vá devagar!

— Claro, vovô! Fique tranquilo, eu devolvo você são e salvo ao asilo! — E caiu na risada, piscando para mim.

Entrei no lado do carona e a vi ligar o motor, engrenar a ré e disparar em direção à rua principal como se não tivesse feito outra coisa na vida além de guiar o carro do meu pai.

Primeira, segunda e terceira.

Prendi o cinto de segurança, embora naquela época ainda não fosse obrigatório. Ela me espiou com o rabo do olho.

— Seu banana! Não me diga que está com medo só porque eu sou mulher!

— Não, estou com medo porque você ultrapassa pelo acostamento, quando não existe acostamento!

— Bem, não é culpa minha se todos dirigem como bichos-preguiça, mas estamos quase chegando!

— Ainda bem — disse eu, com sinceridade. A Coca-Cola estava dançando twist no meu estômago. Imaginei que bastaria uma bela multa por excesso de velocidade e eu não me livraria da mamãe até meu quadragésimo aniversário. Mesmo assim, ter Camilla ao meu lado, ocupada em varar o tráfego, me agradou.

Estacionamos num jardim sem calçamento, diante de um portão com o letreiro ÉTOILE. Camilla enfiou uma chave e o abriu.

— Vamos, me siga.

Transposto um pequeno aposento similar a um vestíbulo, prosseguiu rumo a uma porta que dava para um teatro em miniatura. Umas dez fileiras de poltronas vermelhas, com aspecto arruinado, diante de um palquinho de madeira. Eu olhava ao redor, boquiaberto. Nunca havia entrado num teatro.

— Sente-se onde quiser! — disse Camilla, subindo a escadinha que levava ao palco, para em seguida desaparecer atrás da pesada cortina.

Eu me instalei na terceira fila, assento central, junto ao corredor.

Poucos minutos depois, a voz dela encheu o espaço acima de mim:

— Senhoras e senhores, dentro de alguns minutos terá início o espetáculo!

Eu ri e me ajeitei confortavelmente.

A cortina se abriu.

A música começou, triunfante, e poltronas e paredes começaram a vibrar.

Camilla, que prendera os cabelos em um rabo de cavalo, inclinou-se levemente e se elevou nas pontas dos pés.

Vestia um corpete azul, amarrado sobre o seio, e uma saia de tule branco que ia até os tornozelos. Ergueu os braços acima da cabeça e deslocou-se em pequenos passos em direção à plateia. Quando chegou bem diante de mim, alongou uma perna à frente e se inclinou com graça. A música aumentou, alegre, e ela começou a rodopiar ao longo do perímetro do palco, de modo concêntrico e perfeito, até chegar ao meio exato. Continuou a girar sobre si mesma, ajudada somente pela cabeça e pelos braços. A música subiu mais e parou, como se a tivessem desligado de repente, e Camilla se imobilizou com o peso sobre uma perna, um braço dobrado na cintura e o olhar orgulhoso de quem fez tudo certo.

Eu me vi sentado na primeira fila, sem sequer ter percebido que me levantara.

— Bravo! — gritei, e era sincero, porque nunca na minha vida eu tinha visto nada mais emocionante.

— Era um trecho de *Giselle* — disse ela, movendo-se ligeira para mim, embora tivesse os pés como que engessados naquela posição pouco natural, pontas dos pés para fora e calcanhares se tocando.

— Bis! — pedi, e ela, rindo, me satisfez.

Depois desapareceu nos bastidores, dizendo:

— Esta é uma variação de "A morte do cisne". O sonho de toda bailarina!

E, desde aquele dia, se tornou também o meu.

Ela era o meu sonho.

8.

No dia seguinte, Camilla não foi à escola.

Havíamos voltado muito tarde. Eu a tinha deixado em frente à casa dela e partido às pressas, esperando que minha mãe tivesse se entupido de soníferos. Nunca me sentira tão animado.

Camilla havia dançado de novo, só para mim. Depois me levara aos fundos daquele lugar mágico, aos bastidores e aos camarins. Tudo cheirava a velho e empoeirado. Figurinos, traves e pedaços de cenários. Ela se movia, ligeira, e eu a seguia, tentando não me machucar.

— Aqui troca de roupa a primeira bailarina!

Era um quartinho com um armário branco e um grande espelho circundado por lâmpadas queimadas, mas, descrito pela voz de Camilla, parecia um pequeno estojo brilhante que guardava algum tesouro.

O cérebro dos homens é diferente do das mulheres. O primeiro tem dimensões maiores, mas o segundo é mais denso. O primeiro é predisposto a se defender de ataques, o segundo é estruturado para se comunicar. O que os cientistas não conseguem compreender é por que, se nós parecemos prosaicos, elas se tornam criaturas encantadoras.

Camilla havia me contado a vida de Anna Pavlova, a grande bailarina russa que mudou a história da dança, mas de quem eu nunca tinha ouvido falar. E depois a fábula do cisne, que não compreendi se era branco ou negro, mas que, desde aquele dia, me pareceu uma incrível revelação.

Quando cheguei em casa, minha mãe correu ao meu encontro.

— Ai, graças a Deus você está vivo! — gritou, abraçando-me. Em seguida acrescentou em um tom ameaçador: — Onde esteve até esta hora? Eu disse para voltar à meia-noite!

— Mamãe, sabia que "A morte do cisne" não faz parte do balé *O lago dos cisnes*?

— O quê?

— É o título de um solo coreográfico criado em 1905 por Michel Fokine, especialmente para a grande bailarina russa Anna Pavlova, sobre uma melodia composta por Camille Saint-Saëns. — Eu havia decorado, porque repeti a informação durante toda a viagem de volta.

— Camille Saint-Saëns? É por isso que você se chama Camilla? — eu tinha perguntado, assim que ela acabou de me contar aquela história.

— Você é a primeira pessoa a perceber! Sim. Se tivesse nascido homem, eu também me chamaria assim! Camillo!

— Não, não sabia. — O tom da minha mãe se suavizara completamente. Agora eu tinha certeza: a mamãe sempre desejara ter uma filha.

Eu olhava para a carteira vazia e depois para a porta da sala, esperando vê-la entrar.

A primeira hora passou sem Camilla.

Ela podia ter se atrasado, talvez tendo dormido demais, e eu a veria entrar disparada até o lugar vizinho ao meu, em cima da hora da aula de latim, que eu odiava.

Nada.

Com a campainha do intervalo, minhas esperanças desapareceram, assim como todo o meu bom humor. Nenhum sinal dela.

Imaginei que poderia chamá-la durante a tarde com a desculpa de lhe passar os deveres de casa, mas me dei conta de que não tinha seu número, e ela não tinha o meu. Eu deveria esperar até a segunda-feira para revê-la, e esse pensamento me aborreceu.

Ela não podia ter adoecido: poucas horas antes, quando eu a deixara em casa, estava muito bem. E eu igualmente.

Concentrei-me nas explicações dos professores a fim de que a manhã terminasse mais depressa. A tarde seria um problema que eu enfrentaria quando voltasse para casa.

Recordo que naquela noite perguntei ao meu pai se ele topava jogar uma partida de xadrez. Desde que eu ingressara no ensino médio, já não jogávamos com muita frequência, mas concentrar-me nos movimentos a executar para vencer um digno adversário como o papai me distrairia da minha colega de carteira e a noite passaria voando.

Quando, na segunda-feira, transpus a soleira da sala de aula, procurei logo os cachos de Camilla. Estavam lá, e foi como encher de ar fresco os pulmões. Fingi não a ver e só levantei a cabeça no último instante.

— Oi.

— Oi.

Foi estranho. Ela estava insolitamente sombria.

— Você está bem?

Ela assentiu.

— Bom, não parece. Dá a impressão de que seu gato morreu.

Ela suspirou.

Mulheres! A campainha me salvou do confronto.

A primeira aula era a de matemática. A professora começou a explicar um novo teorema e todos começaram a escrever, menos minha imóvel colega de carteira.

Fingi que não percebia nada.

A mestra estava chegando à extremidade da lousa e, como costumava fazer, iria virá-la para continuar a explicação do outro lado. Um pequeno truque que nos permitia conferir as anotações até mesmo depois da aula.

Eu me apressei a escrever os últimos trechos deslocando o caderno na direção de Camilla, mas exagerei no movimento, e meu cotovelo direito esbarrou nela.

Camilla soltou um grito surdo, como se eu a tivesse machucado. Não era possível, eu mal a tocara. Ela seria também uma daquelas garotas bobas que choramingavam ao menor toque?

— Desculpe — falei. A professora se interrompeu:

— Tudo bem aí?

— Sim — respondeu Camilla, sem me olhar e segurando o braço.

— Ei, machuquei você tanto assim? Deixe ver.

— Não, não foi nada — disse ela, retraindo-se.

— Ora, Cam! — Estendi a mão para seu cotovelo.

— Ai! Me deixe! — Levantou-se e correu para fora da sala.

Eu, como se meu corpo tivesse sido invadido por uma mente alheia, pedi licença para sair e a segui.

Ela se trancara no banheiro. Eu não podia entrar. O banheiro das garotas? O reino da maquilagem e dos sutiãs estofados? Não, eu não podia entrar.

Caminhei para lá e para cá durante alguns segundos, esperando que ela saísse. Mas nada.

Preocupado, olhei ao redor e empurrei a porta.

Fiquei sem fôlego.

Camilla havia levantado a camiseta e estava espalhando um creme sobre uma grande mancha roxa que ocupava seu braço.

Olhou-me através do espelho. Engoli em seco e me aproximei, deixando que a porta se fechasse às minhas costas.

— Vou lhe dar uma mão. — Ajudei-a delicadamente. Ela chorou em silêncio sobre meu ombro.

— Não me pergunte nada, por favor!

Se houver um blecaute ou você tomar o trem na direção errada, a única coisa que pode fazer é esperar.

Abracei-a.

— Sossegue, não vou perguntar.

Naquele dia, Camilla entrou na minha vida para não sair mais.

9.

Os dias passaram e Camilla parecia melhor. Sorria, e eu me perguntava o que ou quem pudera machucá-la tanto, mas respeitava seu silêncio. Quase todas as noites, antes de adormecer, voltava mentalmente ao banheiro feminino. A grande mancha roxa se duplicava, refletida no espelho. Então eu tentava não pensar nisso e começava a ler minhas histórias em quadrinhos.

Na escola, havíamos criado um método infalível para traduzir os textos latinos durante os exercícios em classe. Tínhamos o mesmo dicionário, como noventa por cento dos estudantes daquela época. Eu traduzia a parte inicial, até mais ou menos a metade, e ela, a final. Sobre a carteira escrevíamos a lápis a página do dicionário na qual transcrevíamos o que havíamos traduzido. Em seguida, com um gesto veloz, eu colocava meu dicionário sobre o de Camilla e ela, com ar distraído, pegava-o, espiava o número sobre a carteira, e o jogo estava feito. Era mais fácil traduzir meio texto do que um inteiro; sobrava mais tempo para as correções. Nenhum dos dois era muito bom em latim, mas desde aquele dia sempre obtivemos o conceito "suficiente".

Éramos um time, e certa manhã até me surpreendi esperando-a para sair. Fiquei ali paralisado, com a mochila nas costas, aguardando que juntasse as coisas delas. Depois a escoltei pela escada e me despedi rápido, já fora do portão, quando nossos caminhos se separavam. Eu nunca havia feito isso.

Volta e meia trocávamos comentários engraçados e olhadas que nos faziam rir. Lentamente havíamos criado um código nosso, sem pensar, de maneira espontânea. Percebi que com frequência isso chamava a atenção dos nossos colegas, como se entre nós e eles estivesse se desenhando uma linha de separação cada vez mais profunda. A sensação de que todos se perguntavam o que uma garota como Camilla via em alguém como eu me deixava um pouco ansioso. Eu continuava sendo o garoto sombrio, neutro e invisível, só que agora era reconhecido por todos.

Um dia, ao subir a escada, passei ao lado das víboras da turma. Riam e diziam: "Com certeza fica com ele só pelo dinheiro. Ela é linda, mas você já viu como se veste?" Não dei importância porque não estava habituado a ouvir falar de mim. Pousei a mochila sobre a carteira e pela primeira vez meu olhar caiu sobre o moletom de Camilla. Havia um buraco no punho, que ela tentava esconder fechando--o na mão. Fiquei parado. Estariam falando de Camilla?

— Oi — cumprimentei. — Tudo bem?

A frase que eu escutara pouco antes ecoava em minha cabeça. A raiva me encheu o peito. Então me dirigi a Valeria Storti, primeira carteira à direita, e, como se estivesse possuído pelo demônio, iniciei minha expedição punitiva.

Dei um soco no tampo de sua carteira, e Valeria, sobressaltada, me olhou de baixo para cima.

— Ninguém vai querer você, nem mesmo se o próprio Valentino a vestir pessoalmente! E, se continuar a se meter na vida alheia, eu forro a escola inteira com fotos do sanitário com seu nome escrito embaixo!

Ela prendeu a respiração e balbuciou alguma coisa, olhando ao redor na esperança de que ninguém tivesse me ouvido. Mas não foi assim. Todos se voltaram para nós e eu atravessei a sala com o ar triunfante de quem fez justiça.

Camilla me encarou, boquiaberta.

— O que houve? Nunca vi você assim. O que a pobre da Valeria lhe fez?

— Ela pode ser tudo, menos pobre! Simplesmente a flagrei dizendo que eu sou um fodido e isso me fez perder a cabeça.

— OK, você é um homem fabuloso, vou lembrar sempre! — disse Camilla em tom irônico. Em seguida voltou a ler, sem dar muita importância ao acontecido. A ideia de que ela havia acreditado em mim me aliviou.

Nesse meio-tempo, as víboras tinham se reunido para consolar minha pobre vítima, e eu ainda mantive por alguns segundos o olhar fixo sobre elas, para deixar claro que dali em diante eu estava disposto a brigar.

Mas as babacas haviam acertado o alvo, e passei aquele dia me lembrando da frase idiota delas que não parava de girar na minha cabeça.

Na manhã seguinte, Camilla estava sentada do lado de fora da escola.

— O que está fazendo aqui?

— Não estou com vontade de entrar.

— Então, não entramos.

— Você me leva à praia? — E foi como se ela me pedisse que a libertasse da torre.

— Claro. Vamos logo, antes que nos vejam.

Tomamos o ônibus e nos sentamos lá no fundo. Camilla olhava para fora, sem dizer uma palavra. Pela primeira vez na minha vida, tive vontade de saber o que passava pela cabeça de uma pessoa.

Descemos no último ponto. Estava deserto; o outono avançava, e começava a fazer frio. Naqueles dias, só iam ver o mar alguns idosos aposentados ou pessoas particularmente inclinadas à meditação. Então chegamos eu e Camilla.

Caminhávamos sob um céu de chumbo sem dizer nada. Meu estômago formigava.

Eu estava emocionado.

— Está com fome? — perguntei para quebrar aquele silêncio.

— Não, e você?

— Também não.

Eu não poderia ter iniciado uma conversa mais estúpida. Por que me sentia tão apalermado? Tinha 18 anos; não era um garotinho. Gostaria de me aproximar, tirar os livros das mãos dela e abraçá-la com força, e depois beijá-la, como se fôssemos os protagonistas de um filme. Mas, se por uma hipótese minhas pernas estivessem dentro de um molde de cimento, ainda assim eu me sentiria mais desenvolto. Jamais havia beijado uma garota.

Esse era o meu segredo.

Esse era o problema.

Meus colegas só falavam de sexo, mas eu não sabia o que dizer; só conseguia dar risadinhas idiotas. Não conseguiria disfarçar por muito mais tempo, disso tinha certeza. Então, a atitude de me fechar havia parecido mais fácil. Só que, com o tempo, eu tinha diminuído toda possibilidade de fazer qualquer tipo de experiência: vivia amedrontado demais para mudar a situação. Naquele momento, pagaria sei lá quanto para me sentir seguro como meus colegas, aqueles que só saíam com uma garota se tivessem certeza de que conseguiriam alguma coisa com ela.

— Ei, você não está dormindo, está?

— Não, não.

— Então, vamos dar um mergulho?

— O quê? Mas está gelado!

— Ora, vamos — disse ela, despindo os jeans.

Oh, meu Deus, me ajude!

Aterrorizado, vi a roupa de Camilla voar sobre a areia e seu corpo perfeito correr para a água, coberto apenas por calcinha e sutiã.

— Vamos, seu medroso! Venha! — gritava ela, enquanto chutava as ondinhas ao longo da arrebentação.

Tirei os sapatos, a jaqueta e o suéter. Comecei a dobrar tudo ordenadamente. Depois parei. Eu me sentia um cretino. Camilla brincava com a água. Larguei tudo e me precipitei em sua direção.

Assim que me viu chegar, ela começou a correr. Acelerei o quanto pude, só que ela estava sempre alguns passos à frente.

— Não me pega, eu sou mais treinada do que você! — E tinha razão.

Apertei os punhos com força e juntei todas as minhas energias até conseguir tocar-lhe um braço. Ela desacelerou para se deixar alcançar. Levantei-a e a fiz girar em torno de mim duas vezes antes de cair no chão, como se tivesse levado um tiro. Ela se ajoelhou ao meu lado.

— Você é um saco de batatas, Alberto! — disse, rindo e ofegando ao mesmo tempo.

Não respondi, por medo de cuspir o coração sobre a areia.

Ela se deitou junto de mim e nossas mãos mal se tocaram. Senti arrepios, não pelo frio, não pelo vento.

Cingi os ombros dela com um braço e puxei-a para mim:

— Aqui está mais quentinho.

Como se não esperasse outra coisa, Camilla se aninhou no meu peito e meu coração finalmente começou a bater.

Um trovão rompeu nosso silêncio, e a chuva começou. Olhamos o céu ameaçador e escuro. Ergui o braço sobre Camilla para resguardá-la da chuva e, embora só pudesse desviar com a mão pouco mais que algumas gotas, pensar que podia protegê-la fez com que eu me sentisse adulto. Como nunca me sentira.

— Precisamos ir — comentei a contragosto, porque por mim ficaria ali o dia inteiro, a noite e o dia seguinte.

Procurei com o olhar as roupas dela.

Já ia dizendo "Vou buscá-las para você" quando Camilla me beijou. Um beijo doce e sereno, que por um instante me pareceu eterno. Apertei-a com força. Nua nos meus braços. Pensei que o mundo poderia acabar ali.

— Você vai pegar um resfriado — disse a ela com voz paternal —, vamos embora.

Ao me levantar, eu vi.

No flanco dela, uma mancha comprida e escura. Fechei e abri os olhos, esperando ter enxergado mal. Mas a mancha continuava ali.

— O que foi isto?

— Nada. Eu caí, dançando. — E foi a primeira vez em que percebi que alguém estava mentindo para mim.

— Não faça essa cara — ela tentou brincar —, é como

a mancha daquele dia, nada de grave! — Procurava me tranquilizar, mas sem me olhar no rosto.

— Acho que você dança bem demais para cair tanto.

Levantei-me e fui buscar o suéter dela.

— Quem faz isso com você?

— Ninguém, já lhe disse. Eu ensaio todo dia, por pelo menos três horas, e às vezes levo um tombo quando estou cansada.

— Camilla, eu não sou bobo. Confie em mim.

A chuva começava a fazer buraquinhos na areia.

Criei coragem e perguntei:

— É seu pai?

Camilla se voltou e, em um instante, seus olhos se encheram de lágrimas.

— Não é como você imagina, ele não é mau.

— Camilla, o que está dizendo? Veja o que ele faz com você!

— Não, por favor. Ele sofre muito, nunca se refez da morte da mamãe. De vez em quando bebe e, quando tento fazê-lo parar, perde o controle, mas depois se arrepende. Não faz de propósito...

Fiquei petrificado. Pensei no meu pai, em seu jeito manso de se aproximar de nós, e o admirei pela primeira vez.

Abracei Camilla, e a única coisa que consegui extrair daquele misto de raiva e compaixão foram estas palavras:

— Agora você me tem, e eu vou protegê-la para sempre. Hoje mesmo quero falar com seu pai. Ele não vai machucá-la mais!

— Não dá. Esqueça, por favor, ou vai piorar a situação. Não acontece com muita frequência, e eu não demoro a sair de casa. Ele odeia me ver dançar porque se lembra da mamãe. Isso não vai durar muito. Eu ensaio há muito tempo e estou pronta para seguir meu caminho. Só preciso da ocasião adequada.

Abracei-a com mais força ainda, esperando que esse momento não chegasse nunca. Depois suas palavras se diluíram na chuva, e só restou o vazio que seu corpo perfeito havia deixado sobre meu peito.

Despedi-me de Camilla um quarteirão antes de seu prédio. Ela insistiu que não era necessário acompanhá-la até a porta e que eu deveria correr para casa antes que meus pais percebessem que não tínhamos ido à escola. Pensei na minha mãe, ocorreu a mim que eu tinha areia no corpo todo, e isso me convenceu a não arranjar problemas. Vi Camilla se afastar e pensei que, para me tornar um homem, eu ainda tinha muita estrada pela frente.

— Deus do céu, Alberto, você está encharcado!

A voz de mamãe trovejou assim que ela me viu, mas passei adiante sem sequer lhe dizer oi. Eu me tranquei no meu quarto e toquei meus lábios com a ponta dos dedos.

Deitei-me na cama, molhado e sujo. A voz de mamãe se filtrava por trás da porta, mas minha mente corria para longe, até a praia, em meio à chuva, para a boca de

Camilla e para aquela mancha roxa. Ainda aquele misto de raiva e afeto. Peguei o telefone.

— Oi, como você está?

— Bem — disse ela, e sua voz me fez estremecer.

— Eu também — respondi, e era verdade.

10.

Eu e Camilla.

Camilla e eu.

Mesma carteira, mesmas tarefas e mesmos beijos.

Era um longa-metragem romântico que se tornava energia. Horas e horas falando de tudo, de bobagens, do futuro. Eu sentado na minha cama, ela no chão, sem ficar quieta um instante. Estendia as pernas em ângulo de 180 graus, esticava as pontas dos pés e fazia estalar um quadril com a mesma facilidade com que eu mudava de canal na tevê.

Estudávamos juntos das 2 às 5 horas e depois corríamos para a aula de dança. Camilla era tão exímia que muitas vezes a professora a deixava conduzir a aula.

Eu a levava até lá e ia buscá-la. Quando o tempo estava ruim, eu me instalava na última fila, onde cochilava quase de imediato. Às vezes me deixava adormecer de propósito só para ser despertado pelo beijo dela.

Tinha me tornado seu namorado. Sem ter pedido. Sem que isso me fosse dito.

Eu tinha a vida pela frente e ela ao meu lado, e agora nada me parecia fora do lugar. Mamãe nos espiava e nos controlava com discrição. Preparava um lanche e o levava ao meu quarto só depois de bater na porta. Papai me observava, satisfeito.

Camilla volta e meia ficava para jantar, e sua conversa empolgada sobre a dança e os figurinos alegrava nossas noites. Mamãe lhe fazia um monte de perguntas e às vezes assumia um ar sonhador, como se dançar também tivesse sido o seu sonho. Eu nunca soube disso, mas talvez seja verdade que toda mulher já fantasiou, ao menos uma vez na vida, usar meia-calça e *tutu* e rodopiar tão no alto que quem quisesse olhá-la teria de levantar a cabeça. Não sei se uns poucos minutos de celebridade teriam bastado à mamãe para compensá-la de tudo. Ou, talvez, graças àquele punhado de segundos ela tivesse compreendido que seu sonho não era tornar-se mãe. Quem sabe o que realmente lhe ocupava o coração e a mente?

— Domingo vai haver um teste para a academia de dança da Ópera de Paris!

Camilla parecia drogada. Saltava ao meu redor como uma menina que entra pela primeira vez num parque de diversões.

— E daí?

— E daí, como? Venho esperando a vida inteira por esta oportunidade! Também estarão presentes os caça-talentos que vão observar as bailarinas... — Prendeu a respiração e olhou para o céu. — Pode ser a minha vez! — E com voz melancólica: — Minha mãe ficaria orgulhosa de mim. Talvez tenha sido justamente ela quem me deu essa possibilidade. Tenho 19 anos, e, se não tentar agora, vou continuar para sempre uma daquelas professoras de dança frustradas que queriam ser bailarinas!

Senti como se uma coisa fora de lugar tivesse caído em cima de mim, como um estranho pressentimento ou, pior ainda, como algo que lhe dizem e que você não compreende.

— Mas você gosta de ensinar — foi a primeira frase que me veio à cabeça.

— Claro, eu gosto porque gosto de dança, e portanto também de ensiná-la, mas dançar numa companhia em turnê pelo mundo é outra coisa muito diferente. Um sonho que se realiza...

Então Camilla alimentava um sonho que não me incluía?

Na verdade, eu sabia: era uma das primeiras coisas que ela me contara sobre si mesma na noite da festa, diante do aquário; porém, eu a tinha apagado completamente. Os nossos beijos, os longos passeios, as corridas de mãos dadas, Camilla na cozinha preparando o jantar com minha mãe, as risadas cúmplices das duas ao falarem dos meus defeitos, essas e mil outras situações haviam ofuscado tudo.

O que você achava? É você que não tem grandes sonhos, que poderia continuar assim por toda a vida. Por acaso achava que sua mãe poderia substituir a dela, que se sentir parte de uma família poderia afastá-la daquilo que ela mais desejava?
Não. Você esperava que ela ficasse por sua causa.

Envolvi Camilla num abraço e sussurrei:
— Espero que dê tudo certo e que eles percebam o quanto você é excelente!
Aquela foi minha primeira mentira no amor.

Camilla se saiu bem no teste. Ofereceram-lhe uma bolsa de estudos de dois anos em Paris, a fim de aperfeiçoar a técnica, e a possibilidade de se submeter às provas para primeira bailarina.

Não sei quais foram as palavras que lhe disseram, mas recordo exatamente as que ela usou comigo quando voava para meus braços, feliz como eu nunca a vira.
— Consegui! Vou para Paris! Alberto, você tem noção?
Abracei-a com força para tentar preencher aquele vazio que se escancarava dentro de mim. Quanto mais próxima eu a mantivesse, mais fácil seria conter as lágrimas. Tudo inútil.

Camilla se soltou e, quando nossos olhares se cruzaram, percebeu.

— Está chorando, Alberto?

— Não, não, estou feliz por você!

— Amor, são só dois anos. Passam depressa, e também podemos continuar nos vendo e nos escrevendo e...

— Eu não quero perder você!

— Eu também não. Não vai ser fácil, mas eu é que vou precisar mais de você. Estarei sozinha, e à noite só terei a sua lembrança para me consolar.

— Conte sempre comigo.

— Verdade? Não vai me esquecer assim que eu partir?

— Não vou esquecer você por toda a minha vida.

— Escreva isso e assine! Quero sua palavra — brincou ela.

Peguei a nota do bar de onde acabávamos de sair, que eu ainda guardava, virei-a e escrevi:

Eu, abaixo assinado Alberto Mainardi,
nascido em Gênova em 04.03.1965
e residente à via dei Glicini, 8, em Gênova,
tel. 010.5759043, declaro que:
você, Camilla Sensini, não me perderá nunca.

— Pronto, coloquei também todos os meus dados. Assim, este documento tem valor legal e você poderá usá-lo contra mim.

Ela caiu na risada e me beijou.

11.

Camilla partiu sem concluir a escola, e minhas esperanças se despedaçaram nos trilhos do trem para Paris. Desde então, sempre odiei essa cidade: só de ouvir o nome sinto náuseas.

Antes da partida, tudo ficou difícil. Aquela bagagem na qual eu não estava incluído e os planos de Camilla sem mim haviam sido uma verdadeira tortura, mas o pior foi suportar o silêncio de sua ausência.

Tudo me fazia falta, desde o som da campainha quando ela vinha à minha casa às suas corridas para lançar os braços ao meu pescoço.

E muito mais.

Eu passava as noites de domingo diante do telefone, esperando uma chamada dela. Uma lufada de oxigênio que durava poucos minutos devia me bastar para a semana inteira.

A primeira coisa que eu conferia, assim que retornava da escola, era a correspondência. As cartas de Camilla eram cheias de narrativas fantásticas. Encontros com coreógrafos ilustres, de nomes impronunciáveis, estágios em teatros prestigiosos e uma média de oito horas de dança por dia. Lentamente ela ia parando de falar de nós e do nosso futuro. Tornara-se primeira bailarina. Eu vinha em último lugar.

Uma noite, no telefone, ela me disse que não viria nem mesmo para as férias de verão, porque havia sido contratada para uma turnê que a ocupava justamente por aqueles dias no norte da França. Algo me disse que eu nunca mais a veria de novo. Que estava tudo acabado. Perguntei se ela me amava e se sentia saudade de mim, mas a ligação caiu e eu nunca soube a resposta.

Um dia, fechado no quarto a fim de estudar para os exames, fui invadido pelo desânimo.

Levantei-me da minha cadeira e olhei para a outra, agora sempre vazia, na qual Camilla se sentava. A raiva me subiu pelas pernas até o ventre e, com toda a força, joguei no chão tudo o que havia sobre a escrivaninha, atirando em seguida também o abajur e mais o que me estava ao alcance das mãos.

Minha mãe entrou aflita no quarto e eu a expulsei para escapar daquele aposento e daquela casa.

Fugi para o mar. Corri ao longo de toda a praia, até que o coração me implorou que parasse. Solucei, sentado na areia, por não sei quanto tempo. E, quando me acalmei, descobri que não adiantara nada. Camilla me faltava como se fosse o ar.

Parei de falar e, se dependesse de mim, teria parado também de ir à escola. O lugar dela na carteira, vazio, me doía muito.

No decorrer de poucas semanas, desapareceram também notícias dela, e lentamente ninguém me pediu mais que lhe mandasse lembranças ou me perguntou que fim havia levado.

Minha mãe e meu pai fingiam que ela nunca existira.

Concluí o liceu com o exame de maturidade* menos brilhante da instituição. Salvaram-me o discreto progresso dos anos anteriores, uma atitude reservada e a minha história, que quase certamente a professora Rossi, na qualidade de membro do conselho, contou aos colegas para evitar que me reprovassem.

Matriculei-me na universidade e meus pais ficaram felizes.

— Será o início de uma nova vida, você vai ver! — exclamou minha mãe, aliviada como se aquele período tivesse sido duro também para ela, já que eu não lhe dedicara mais sequer um olhar. E era verdade: aos 19 anos, eu precisava iniciar uma nova vida.

E, em parte, assim foi. As aulas universitárias tinham ritmos e caras novas, e isso me ajudou. Entrei para um pequeno grupo de estudos a fim de me preparar para as provas de análise matemática, e isso me ocupou quase todas as noites.

Comecei a fumar.

Uma noite, tendo voltado para casa, vi que minha mãe estava tensa.

— Você deve contar a ele — disse-lhe meu pai.

---

* Na Itália, exame de conclusão do ensino médio. (*N. da T.*)

— Contar o quê? — perguntei.

Mamãe o fulminou com o olhar e, suspirando, me entregou um envelope.

— Chegou hoje.

A letra de Camilla varreu longe todos os meus progressos.

Eram três ingressos para O *quebra-nozes*, que chegaria à cidade duas semanas depois.

Naquela noite, fui dormir sem jantar.

— Não somos obrigados a ir! — trovejou minha mãe, enquanto eu tentava ingerir alguma coisa na manhã seguinte.

Não respondi. Eu nem tinha pensado que aqueles ingressos fossem para um espetáculo no qual Camilla dançaria. Havia parado muito antes. No meu endereço no envelope, escrito por ela. Eu ainda estava nesse ponto.

— Pode dar os ingressos. No sábado do balé, um colega de universidade vai fazer uma festa que eu não quero perder.

Minha mãe, incrédula e contente por Camilla não mais representar um problema, deu os três ingressos, na quinta fila central, aos nossos vizinhos.

Na noite do espetáculo, saí de casa e me dirigi sozinho ao teatro. Comprei um ingresso do segundo setor, no balcão lateral.

Camilla entrou em cena e prendi a respiração. Parecia ainda mais delgada e leve. Não consegui tirar os olhos dela.

Eu a via saltar, rodopiar e criar belíssimas figuras só com seu corpo.

Erguia-se nas pontas com os braços delicadamente levantados acima da cabeça e o olhar orgulhoso de quem sabe ter o domínio de todos. O aplauso irrompeu como uma cascata repentina.

A plateia ficou de pé, assim como o público das galerias e dos balcões. Todos, menos eu.

Terminado o espetáculo, Camilla voltou ao palco três vezes, porque as palmas pareciam não terminar nunca. Aproximava-se do público o máximo que podia, procurando-nos em nossos assentos. Seu sorriso se apagou lentamente. Por fim, ela fez uma reverência e desapareceu nos bastidores.

A multidão me arrastou para a saída e deixei que o ar gélido me cortasse o rosto. Respirei.

Entrei no carro e fiquei ali, imóvel, como que congelado.

Após uns 45 minutos, quando a multidão já tinha desaparecido, um grupo de pessoas surgiu de uma porta secundária. Camilla trazia nas mãos um buquê de flores e conversava com outros bailarinos.

Apertei o volante e gritei seu nome, deixando-a entregue à própria vida. Liguei o motor e voltei para casa.

12.

Naquela noite, no teatro, compreendi uma coisa fundamental: Camilla nunca voltaria para mim.

Decidi reagir e comecei a estudar seriamente. Eu podia dar conta. Para me distrair, aprendi a tocar violão — mal — e também me inscrevi num curso de teatro amador. Recomecei a conversar com meus pais e a jantar em casa em sua companhia. A presença deles — únicas testemunhas oculares de como havia sido grande o meu amor — já não me incomodava.

No quarto ano de curso conheci Sandra, a caloura mais brilhante de toda a universidade. Nas noites de sábado, frequentávamos o mesmo bar. Ela era uma daquelas pessoas que cumprimentamos só porque seu rosto nos parece familiar depois que a encontramos algumas vezes no mesmo local. Certa noite, um amigo comum nos apresentou oficialmente, e assim a nossa vida mudou. Sandra era idêntica à minha mãe. Não fisicamente, mas em tudo a lembrava. Tinha as ideias claras típicas daquelas mulheres que já sabem que se casarão e se tornarão mães. Era perfeita.

Cursava letras modernas, e seu sonho era trabalhar numa editora. Dava aulas particulares a um monte de jovenzinhos e jogava tênis discretamente.

O capítulo dança estava encerrado.

Certa noite me sentei à mesa e, enquanto minha mãe tirava do forno uma fumegante travessa de lasanha, exclamei:

— Conheci uma garota!

A mamãe deu um gritinho, pousou a travessa sobre a mesa, porque a emoção lhe havia tirado as forças, e, com a espontaneidade que jamais lhe permitira guardar um segredo, disse, olhando para o alto:

— Muito obrigada, meu Deus!

Papai e eu caímos na risada. Foi como se um exorcismo nos tivesse livrado de Camilla para sempre.

— Então, precisamos comemorar! — exclamou meu pai, indo buscar uma garrafa de Brunello de algum ano especial, um dos mil presentes que ele recebia de seus clientes no Natal. — Este aqui vem mesmo a calhar!

Observei-o servir o vinho e brindar. Meus pais estavam tão ligados assim à minha felicidade? A decepção havia sido dolorosa também para eles, e agora brindavam à simples ideia de que outra mulher pudesse me fazer feliz. Ser pai e mãe era isso? Acompanhar a gangorra dos sentimentos de um filho que, tendo alcançado certa idade, já não pode ser controlado?

Talvez sim, e talvez fosse muito mais; o certo, porém, é que a pessoa deve ter essa experiência para entender.

O tempo passava, e os exames que eu deveria fazer diminuíam a cada semestre. Àquela altura, minha preocupação era só a tese.

Eu e Sandra formávamos um casal. Ela amava cinema e música. Sabia um monte de coisas e tinha sempre aquele jeito maternal e envolvente de explicar seu ponto de vista.

Era perfeita.

Mamãe manifestou o desejo de conhecê-la e não perdia oportunidade para lhe mandar um oi. De modo que um dia, após uma convivência de quase um ano, levei-a à minha casa.

— Tem certeza? E se ela não gostar de mim?

— Impossível que ela não goste. Vai ficar louca por você, e além disso quem tem que gostar sou eu!

E assim aconteceu. Minha mãe até foi ao cabeleireiro e se apresentou com um look à la Ivana Trump. Não ficou ruim, só que eu e papai não conseguíamos parar de rir sempre que olhávamos para ela.

— Querida, o cabeleireiro se esqueceu de tirar sua cabeça do secador?

— Não, papai, isso aí está na moda. Agora, quando a mamãe estiver em casa, podemos dispensar a antena de tevê!

Sandra não parava de repetir que éramos pérfidos e não entendíamos nada de moda, e que mamãe parecia ser pelo menos dez anos mais nova. Era incrível pensar que ela tivesse um filho já adulto.

Sim, Sandra era perfeita.

Tudo correu bem, como nas melhores histórias de amor. Eu tinha me formado, e Sandra estava perto. Ela conseguiu uma colaboração numa pequena editora, e eu fui contratado como gerente júnior de produto numa firma de utensílios domésticos. Uma noite, Sandra sugeriu que nos casássemos.

— Casar?

— Sim, por quê? Não concorda?

— Claro que concordo. Apenas não imaginava me casar assim tão cedo.

— Não é cedo. Você tem um emprego fixo, e eu tenho ótimas possibilidades. E também meus pais podem dar uma ajuda no aluguel, enquanto não formos completamente independentes!

Sandra tinha ideias claras e sabia como expressá-las.

E assim, sem que eu tivesse dado propriamente uma resposta, nos vimos no meio dos preparativos daquela que seria uma cerimônia simples.

Sandra e nossas mães pensaram em tudo. Eu me limitei a cumprir algumas ordens, a me apresentar numa loja de trajes de cerimônia e a experimentar um. Com exatamente um metro e oitenta de altura, eu tinha um porte médio, sem um pingo de barriga, e uma espessa juba de cabelos castanhos reinava sobre minha cabeça.

Quando saí do provador, minha mãe ficou boquiaberta e seus olhos brilharam.

— Deus do céu, Alberto, você está lindo!

O terno me caía bem.

Meu pai iniciou uma série de fulgurantes discursos sobre o quanto estava orgulhoso por eu ter tomado a decisão de me casar e sobre como a estabilidade da família depende do homem e de sua capacidade de ser maduro e responsável. Em seguida pousava a mão no meu ombro e concluía com frases tipo: "Você poderá contar sempre com seu velho!"

Em geral, depois dos sermões dele, meu desejo de ver Sandra diminuía, mas era um fato transitório.

Um dia fui mandado à floricultura a fim de pagar a conta da decoração da igreja e, quando a vendedora me detalhava tudo o que Sandra havia escolhido, dirigi o olhar por sobre as begônias que povoavam a vitrine e a vi.

Camilla ia atravessando a rua bem ali em frente. Tinha o ar de alguém que está fugindo ou muito triste. Estava longe, mas suas expressões não eram segredo para mim. Apoiei-me no balcão, porque minhas pernas bambearam.

— Sente-se mal? Quer um pouco d'água? — perguntou a vendedora.

Respondi que sim, só para ela desaparecer por alguns segundos.

Quando a moça voltou trazendo o copo, Camilla já não estava lá, e por um instante achei que havia apenas imaginado a cena.

À noite, li no jornal o obituário do pai dela e compreendi o motivo de sua vinda à cidade e daquela expressão.

Casar foi fácil. Eu disse o sim em voz alta, escutei e apliquei umas assinaturas num grosso livro de registros. Sorri para o fotógrafo, comi e brindei.

Moramos com os pais de Sandra por algumas semanas enquanto esperávamos que terminassem as obras no apartamento que havíamos escolhido.

Depois chegou Alice, e eu me tornei adulto. Vivia aterrorizado. Tudo em casa me parecia constituir um perigo para ela. À noite, quando me deitava, exausto, pensava que gostaria que minha filha não crescesse nunca, que jamais me fizesse perguntas, que nunca descobrisse que eu não sabia as respostas e tinha um medo louco de tudo o que a rodeava.

Uma noite, explodi:

— Tenho medo, Sandra. Não consigo ser pai. Não estou à altura. Ela precisa de um monte de coisas que eu não sei, e vou ser um desastre.

— Você será um pai muito bom e ela vai adorá-lo: um dia você vai entender o que estou dizendo. Um dia, quando ela só quiser saber do pai. Você não deve aprender tudo ao mesmo tempo. Aprenderá com ela; basta ser você mesmo. Afetuoso, responsável, ingênuo, apreensivo e nor-

122

mal. Será o pai dela e ninguém jamais poderá separá-los, porque ela sempre o escolherá. Irá procurá-lo em cada homem que conhecer, e por esse motivo sempre terá a impressão de estar satisfeita.

Não foi Alice quem me ensinou tudo isso. Foi Sandra.

13.

Os anos passaram de modo tranquilo. Sandra trabalhava como tradutora literária. Dedicava-se a uma coleção voltada para jovens e tinha sempre novas histórias para contar a Alice, que crescia e era adorável.

De algum modo eu havia realmente me tornado adulto e enfrentava as responsabilidades sem me dar conta.

Minha mulher tinha uma expressão feliz. Amava seu trabalho e mais ainda sua família.

De Camilla, nenhum rastro.

Fui promovido a uma função de dirigente e me tornei cada vez mais visível na empresa. Participava de todas as reuniões de cúpula e logo me tornaria o responsável por toda a área comercial.

No dia em que me anunciaram a promoção, fiquei tão espantado que não parava de perguntar ao meu chefe se era verdade ou só uma brincadeira.

— Alberto, você trabalhou duro e merece isso. Amanhã à noite, quero você e Sandra no teatro conosco!

— Sim senhor — respondi.

O chefe era um apaixonado por arte em todas as suas formas e dizia-se que, quando convidava alguém para ir ao teatro com ele e sua mulher, significava que essa pessoa havia caído em suas graças e teria uma carreira mais sólida do que um lingote de ouro.

Dali mesmo, de sua sala, telefonei a Sandra para informá-la do convite.

Virei-me para ele e, segurando o fone, transmiti a pergunta que minha mulher acabava de me fazer:

— Vamos assistir a qual espetáculo?

— *Giselle* — disse ele, e, enquanto minha cabeça ia para longe, prosseguiu: — É um balé clássico. Uma companhia francesa.

Desliguei o telefone, interrompendo a comunicação com Sandra.

— Tudo bem, Alberto?

— Sim. — Engoli em seco. — A ligação deve ter caído. Bem, agora tenho mil coisas a fazer. Até amanhã. — E fui saindo da sala dele.

Meu Deus, por favor, não me faça isso. Faça com que ela não esteja.

Eu não sabia se era melhor conferir de qual companhia se tratava ou começar a pensar numa desculpa plausível para evitar comparecer ao evento.

Percebi que minhas pernas tremiam.

— A primeira bailarina é italiana — exclamou a mulher do meu chefe quando entrávamos no teatro.

— É mesmo? — perguntou Sandra.

— Sim. Chama-se Camilla... não recordo o sobrenome. Não é muito famosa, mas dizem que é excelente!

— Que bom — respondeu Sandra, meio distraída.

Não importa o quanto você tenta se afastar. Mais cedo ou mais tarde, sempre retorna ao ponto onde havia parado.

Só de ouvir o nome dela senti um calafrio. Tive vontade de gritar que "Camilla... não recordo o sobrenome" era a *minha* Camilla, que não precisava de nenhuma outra referência para ser reconhecida e que tinha que ser excelente mesmo, porque havia sacrificado pela dança a nossa vida juntos e me devia isso!

Mas me limitei a dizer: "Vou dar um pulo no banheiro" e escapuli. Trancado no toalete, coloquei os pulsos embaixo da torneira e lavei o rosto.

Quinze anos tinham se passado, e eu continuava na mesma. Só de ouvir seu nome, só de imaginá-la, afundava na angústia. Criei coragem e me dirigi para a plateia me perguntando se a sensação de estar no lugar errado no momento errado não me abandonaria nunca.

O espetáculo foi um sucesso, mas eu saí de lá massacrado. Manifestei uma repentina crise de alergia e arrastei Sandra para fora antes que as luzes se acendessem.

— Lindo espetáculo. Devíamos ir mais vezes ao teatro.

Fingi não escutar.

Naquela noite, decidimos ter um segundo filho.

Matteo.

Terceira Regra:

Quem domina o centro domina todo o tabuleiro de xadrez

14.

Se soubéssemos o que nos espera, saberíamos viver melhor? Evitaríamos arranjar problemas, cometer erros, dizer coisas das quais nos arrependeremos? Talvez sim. Faríamos a coisa certa, tomaríamos a decisão mais adequada, mas sobretudo não sentiríamos aquele aborrecido desconforto sempre que a vida nos surpreende.

Vinte e cinco anos depois de tê-la perdido, ela estava ali diante de mim, como se nada fosse, e aquilo não era um sonho.

Alguns dias antes, eu estava almoçando com Sandra a dois passos do escritório. Nunca acontecia de minha mulher e eu almoçarmos juntos, mas naquele dia tínhamos várias coisas a conversar. Sandra trouxera os programas de alguns cursos de apoio que haviam começado na escola de Matteo e queria que eu desse uma olhada e aprovasse o que ela já tinha decidido.

Enquanto temperava a salada, olhei para a rua, e foi como acontecera na floricultura dias antes do casamento. Alguém que eu acreditava conhecer havia entrado no meu campo visual: um baque no coração.

— Alberto, está me ouvindo? Viu algum fantasma?

Cambaleei, olhando toda a minha vida que acabava de passar do outro lado da vitrine e, virando-me para Sandra, respondi:

— Desculpe, é que me lembrei de uma coisa que me esqueci de fazer no escritório. Agora sou todo ouvidos. O que você estava dizendo mesmo?

Ela continuou a me ilustrar sobre o que pensava fazer enquanto eu me convencia de que havia visto apenas uma sósia. Tanto tempo se passara que aquela mulher só podia se assemelhar à lembrança de Camilla. Mas, depois de todos aqueles anos, pronunciar seu nome, embora apenas mentalmente, fez meu sangue correr mais depressa nas veias.

E naquele mesmo dia, assim que escapuli do escritório, eu caminhava nervoso e distraído quando senti como se tivesse me chocado contra uma placa de vidro.

— Alberto!

Sua voz, sua incrível voz.

Estava diante de mim, sorridente e linda.

Sim, linda. Ali estava ela, o meu equivalente emocional da bomba atômica.

***

— Alberto, lembra-se de mim?

"Se me lembro? Não penso em outra coisa, em todos esses anos", eu queria responder, e de repente aquele pensamento absurdo me pareceu algo de concreto.

Pouco antes, Sandra me pedira que fosse buscar Alice na aula de tênis, porque a fonoaudióloga de Matteo havia marcado a sessão para mais tarde e ela não chegaria a tempo, mas eu continuava parado, suspenso no vazio, pensando que jamais havia deixado de amar aquela mulher ali à minha frente, mas que não era a minha esposa.

— Você continua o mesmo! Eu o reconheceria em qualquer lugar! Afinal, quantos anos se passaram?

Muitos, demais. Que pergunta é essa? Era o dia 15 de março de 1984 quando você desapareceu sem dizer uma palavra, levando também meu coração. Não se lembra?

Percebi que estava com a boca semiaberta, mas não tinha pronunciado ainda uma sílaba sequer. Não conseguia. Deveria gritar, esperar que a raiva me invadisse, mas isso não aconteceu.

Estava feliz. Perdido nos olhos dela, foi como voltar no tempo.

— Topa beber alguma coisa?

Eu deveria ter fugido, mas, por medo de que esse aparecimento dela também fosse apenas uma ilusão, assenti e a segui até um bar.

Seria possível que eu jamais tivesse deixado de amá-la? Que houvesse chegado o momento de compreender todo o vazio que ela deixara em torno e dentro de mim?

Será possível que não bastem anos para esquecermos aquilo que nos parecia superado? Que um instante seja suficiente para percebermos que era algo indelével?

Meu celular começou a tocar e algo me arrastou.

— Preciso ir.

— Já?

— Tenho que ir buscar minha filha no tênis e estou atrasado, mas...

— Podemos nos rever amanhã?

Amanhã? Caralho, mas passaram-se anos e simplesmente eu a revejo amanhã?

— Sim. Vou tomar o café da manhã aqui, por volta das 8h30.

— Eu venho.

Peguei minha pasta e ajeitei a gravata. Parei na soleira. Estava tão excitado que seria capaz de entrar de volta e arrancar a roupa dela, mas voei dali sem dizer mais nada.

— Eu odeio o tênis!

A voz de Alice rasgou o silêncio no qual eu me refugiara. Tinha decidido suspender qualquer pensamento; precisava relaxar e pensar depois no assunto. Entraria em casa, comeria alguma coisa e alegaria uma forte dor de cabeça para evitar ser envolvido em qualquer tipo de discussão. Precisava dar-me tempo.

— Sim — respondi à minha filha.

— Sim o quê?

— Sim, tudo bem!

— Tudo bem o quê?

— Desculpe, Ali, mas agora estou cansado para discutir.

— Não quero ir mais!

— Ir aonde?

— Pai, você está aí? Apagou? Ao tênis, eu detesto!

— Tudo bem.

— É mesmo? Posso?

— Posso o quê?

— Se você não fosse velho, eu iria pensar que andou dando uns tapinhas!

— Ali! Você me acha velho demais para quê? Para um baseado?

— Eu estava falando do tênis.

— Responda, Ali. Você me acha velho?

— Para o quê, pai?

Parei no sinal e a encarei:

— No geral, você me acha velho?

— Você é o papai, não é velho. Mas hoje está muito estranho!

— Desculpe, Ali, estou só meio cansado — respondi, e me senti realmente um cretino. Espiei-a com o rabo do olho, enquanto ela conferia o celular, e me perguntei o que ela pensaria se descobrisse que eu não era o que ela imaginava. Que eu não era velho demais nem para puxar um fumo nem para desejar uma mulher que não fosse a mãe dela. Por um instante, torci para que não viesse a saber nunca, e seria como se jamais tivesse acontecido.

Assim que abri a porta de casa, minha filha jogou a mochila num canto e correu para a cozinha. Ouvi a voz de Sandra, confundida com a dela, e me detive. Não tinha coragem de entrar ali. Gostaria de sair, fechar a porta atrás de mim e respirar profundamente.

— Ali, você jogou sua mochila no chão como se fosse lixo! Aprenda a cuidar de suas coisas! Vá tirá-la dali!

Entrei na cozinha dizendo isso e fitando Alice, que me encarava como se eu fosse um alienígena, e esperando, assim, impedir Sandra de perceber algo diferente na minha expressão.

— Seu pai está certo! — comentou minha mulher, como sempre fiel às mil promessas feitas de formar uma frente unida na educação dos filhos.

Alice resmungou, aborrecida:

— Mas que saco! Arre!

Tentei lhe dar uma palmadinha no traseiro, mas ela conseguiu se esquivar.

Ficamos sozinhos, e Sandra me fitou por um instante, enquanto eu balançava a cabeça sem olhar para ela, fingindo que o comportamento de Alice me irritara seriamente.

— Foi um dia pesado, não foi? — disse minha mulher, para então recomeçar a lavar as verduras para a salada.

— Sim — cortei.

Fui até o banheiro, tranquei-me lá dentro e, encostado à porta, repeti bem baixinho: "Não aconteceu nada de grave. Não aconteceu nada de grave. Não aconteceu nada de grave." Em seguida, apertando os punhos: "Então, por que você não consegue tirá-la da cabeça? Caralho, caralho, caralho!"

— Está na mesa!

A voz de Sandra vazou através da porta fechada e percebi que não tinha fome. Fiquei mais um pouco ali, sem dizer uma palavra, talvez até prendendo a respiração. Pensei em inventar uma desculpa, mas não existia nenhuma rápida e que me servisse. Dizer que estava me sentindo mal? A família inteira se concentraria ao meu redor, e isso era justamente o que eu queria evitar. Um telefonema repentino do meu chefe? Acontecera só uma vez em muitos anos, quando um curto-circuito provocou um incêndio no escritório e precisamos ir correndo para salvar o que fosse possível; Sandra até se precipitara para lá junto comigo.

Uma batida na porta:

— Papai, o jantar está pronto! — A voz deformada de Matteo me fez reagir. *Não aconteceu nada de grave.*

Abri a porta e me agachei diante dele. Levei primeiro o indicador sob a boca, depois um punho até a bochecha, e, formando com os dedos de ambas as mãos um anel, girei-o em direção a ele:

— Diga à mamãe que estou indo! — respondi, na linguagem dos sinais.

Eu tinha passado a noite quase em claro, mas não via a hora de me levantar. Havia me deitado antes de Sandra, ouvindo-a tirar a roupa, vestir a camisola e em seguida espalhar o creme no rosto por alguns minutos, fazendo a cama balançar ligeiramente. Instantes depois, a luz se apagou e eu achei que finalmente conseguiria relaxar. Mas não foi assim, e, depois de me virar várias vezes para um lado e para outro, me distraí observando os números que o despertador projetava no teto.

Às 7, pulei de pé. Primeiro acordei Alice e em seguida me dirigi ao banheiro. Poucos minutos depois, estava esquentando o leite para Matteo e fazendo umas torradas.

— Não vai tomar um café? — Sandra me cingiu com um braço e me beijou um ombro.

— Tenho tomado demais no escritório, ultimamente — e foi a primeira mentira.

— Você se remexeu a noite toda. Tem certeza de que está bem?

— Claro; só cansado e um pouco estressado pelo trabalho, mas nada preocupante — e esta foi a segunda.

— Bom dia, meu amor! — Sandra acolheu Matteo, que estava parado na porta esfregando os olhos. Vi meu filho sorrir enquanto sua mãe movia dedos e mãos para perguntar se ele preferia leite e cereais ou pão e chocolate. Ele ergueu um braço, fechou o punho, como se quisesse ordenhar uma vaca, e se sentou no banquinho. Tirei o leite do fogo, antes que fervesse, e o servi. Ele me sorriu e puxou a xícara para si, observando o vapor subir.

— Estou indo! — Beijei-o na testa e corri para fora da cozinha e de casa com vontade de ir beber o meu café.

Dirigi distraído como se o carro fosse teleguiado. Ao fundo, a voz já amiga do DJ Davide me embalava num de seus costumeiros debates sobre a existência humana. Eu tinha começado a escutá-lo certa manhã quando, sintonizando por acaso sua estação, ouvi-o enfrentar o delicado tema da integração das crianças deficientes às escolas. Participavam ao vivo um funcionário do distrito escolar e uma psicóloga infantil especializada em problemas de comunicação. A coisa que mais me interessava, além do assunto familiar, eram as perguntas que Davide fazia aos seus interlocutores. Eram as mesmas que eu faria. Recordo haver pensado que realmente ele devia saber exercer muito bem o seu ofício ou então conhecer a fundo o problema; perguntei-me se ele também tinha um filho como Matteo. Senti tanta simpatia por aquele homem que gostaria de convidá-lo para tomar uma cerveja.

Naquela manhã falava-se de vida após a morte, e um ouvinte havia telefonado durante a transmissão para contar sua experiência: sua mulher tinha morrido, mas ele estava convencido de que a alma dela jamais abandonara a casa. Ele a sentia. De certo modo, eu também estava prestes a ter uma experiência extrassensorial. Eu teria realmente visto Camilla ou era aquilo somente fruto da minha fantasia?

Até amanhã, DJ Davide. Feliz é você, que quando não sabe o que dizer pode soltar uma canção!

Deixei o carro no estacionamento da empresa e atravessei a rua diante do bar como se fosse atraído por um ímã. Na soleira, limpei os pés no capacho e espiei lá dentro, esperando passar despercebido e não encontrar Greta.

Estava prestes a rever Camilla. Assim, como se não fosse nada, como se todo aquele tempo não tivesse passado e eu não tivesse sofrido como um cão, como se minha família jamais tivesse existido.

Eu deveria voltar atrás. Ir trabalhar sem café da manhã. Ela compreenderia e desaparecia de novo. Deveria, eu sei, e nada mudaria.

Girei a maçaneta e entrei.

O que ela pensara ao me rever? Eu havia engordado e tinha menos cabelos do que antes, ao passo que ela continuava a mais bela de todas.

— O senhor vai tomar o quê? — perguntou a garçonete, com expressão gentil.

Olhei ao redor, esperando ver Camilla em alguma mesa, ou surgir da porta, mas nada. Então balbuciei:

— Um cappuccino, por favor.

— Antigamente você pediria um chocolate. — A voz, como que vinda do céu, me emocionou. Camilla estava às minhas costas. Talvez tivesse entrado logo atrás de mim e me observado, enquanto eu me movia atrapalhado para procurá-la.

— Pois é, mas agora preciso tomar cuidado com o açúcar!

Sentia-me encabulado e animado ao mesmo tempo; gostaria de soltar algumas tiradas divertidas, daquelas que fazem o interlocutor intuir que tem à sua frente alguém muito inteligente, mas só consegui dizer:

— O que você veio fazer por estas bandas? — falei, como se ela não fosse *aquela* Camilla.

— Decidi voltar. Tinha saudade da Itália e de muitas outras coisas. Paris me deu tudo o que podia me dar. Resolvi ensinar dança, e ensinar aqui, na antiga escola da minha mãe. É a coisa certa!

Mal consegui olhar para ela.

— Como me encontrou?

— Internet! É mais barato do que um detetive particular...

— Topa beber alguma coisa depois do trabalho? — perguntei, porque precisava fazer uma pausa, sair dali e voltar a respirar.

— Claro! — Camilla disse isso passando o polegar sobre o bigode de leite que se desenhara nos meus lábios.
— Hoje vou pegar a chave do meu apartamento. Depois, espero você aqui.

— Tudo bem — e saí dali com a expressão de um menino que se apaixonou. Dobrei a esquina, entrei pelo portão do meu escritório e peguei o elevador. Assim que a porta se fechou, apertei os punhos, e meu reflexo no espelho me devolveu uma expressão satisfeita.

Eu não recordava a última vez em que me sentira assim.

— Querida, hoje à noite vou chegar tarde. Tinha esquecido uma reunião, Greta acabou de me lembrar. Assim que terminar, vou para casa.

— OK. Eu levo Matteo à fonoaudióloga.

Uma fisgada me atingiu no flanco, como uma dor intercostal. Aguda.

Ignorei-a e desliguei.

Pensei em Matteo o dia inteiro e, consequentemente, também em Sandra e Alice, nossos anjos da guarda. É difícil explicar a sensação que fermentava dentro de mim: era como se eu tivesse vontade de contar a história de Matteo a alguém ou, talvez, só repeti-la em voz alta, como se precisasse me preparar para uma arguição.

Às 18h, pontual como todos os dias, Greta entrou na minha sala para me lembrar de todos os compromissos do dia seguinte, sem que eu escutasse uma só palavra, e depois se despediu. Esperei ainda alguns minutos, para evitar sair junto com ela, e me levantei.

Diante do bar, hesitei. Deveria ir embora. Ainda não tinha feito nenhum mal. Não havia cometido ainda nenhum erro. Era simples. Seria uma decisão para ficar orgulhoso ou para me arrepender para sempre? Eu devia pelo menos avisá-la, entrar e explicar que não podia ficar naquela noite e talvez tampouco nas seguintes? Poderia dizer que havia sido muito bom revê-la, mas que eu não podia e pronto. Agora era o pai de Alice e Matteo, e se ela os tivesse conhecido iria compreender, talvez nem sequer se aproximasse de mim. Meus filhos e eu éramos inseparáveis, todo mundo sabia. Perguntei-me se isso seria interpretado como um gesto educado ou como a atitude de um bobalhão patético.

Perguntei-me desde quando havia criado o hábito de pregar mentiras a mim mesmo.

A verdade era uma só.

15.

— Percorri toda a Europa. Morei quase dois anos em Berlim, três em Madri, depois voltei a Paris, onde encerrei a carreira. Acabo de me aposentar. Você consegue imaginar? Aos 45 anos, não valho mais nada para o meu mundo. E aqui estou, diante do grande amor da minha vida. Em todos esses anos, sempre vivi com a sensação de ter deixado alguma coisa em suspenso. Nós.

— Você continua igual.

— Que ideia. Agora eu sou uma velha!

— Não, continua igual, inclusive na capacidade de me emocionar. Agora preciso ir. Ou melhor, devo, antes que seja tarde demais.

— Espere. Quero lhe mostrar uma coisa.

Era como se ela tivesse me enfeitiçado. Como se o encantamento jamais tivesse sido desfeito. Nem sequer uma esposa e dois filhos fantásticos haviam conseguido isso. Camilla ainda era capaz de me arrastar a um lugar desconhecido, hoje como outrora, quando eu a vira dançar pela primeira vez e me apaixonara por ela.

Caminhamos por não mais de quinhentos metros e entramos por um portãozinho. Subimos a escada até o último andar.

— A partir de hoje, eu moro aqui — disse ela, abrindo a porta de uma pequena água-furtada. A casa ideal, se eu tivesse 20 anos.

Depois se aproximou e seus lábios se colaram aos meus. Ainda tínhamos 20 anos.

— Vivi experiências incríveis e belíssimas, porém a mais importante eu deixei aqui. A cada sucesso, a cada sorriso meu, a cada aplauso recebido, faltava sempre alguma coisa: você.

— Mas você foi embora!

— Eu era só uma garota que devia escolher entre o sonho de sua vida e um amor adolescente. Se soubesse que nunca o esqueceria, teria feito outra escolha. Se soubesse que agora só me restaria você... bom, não teria ido embora.

Criei coragem, e minhas mãos encontraram seu dorso. Ela estava nos meus braços, e era Camilla. Seu cheiro e seu sabor eram os mesmos, inconfundíveis. Pensei em minha mãe na cozinha, nos jantares na velha casa, nas corridas para a praia, em todas as suas aulas de dança, no assento posterior do carro do meu pai e nas traduções de latim.

Beijei-a e voltei a beijá-la, até sentir seus dentes e sua língua.

Basta um instante para fazer algo que nos angustiará por toda a vida.

Ela girou entre meus braços, apoiando as costas em mim, e o perfume de seus cabelos em minha boca me pareceu maravilhoso. Desci até o pescoço, os ombros, e de novo os lábios, por não sei quanto tempo.

Encerrados naqueles poucos metros, o tempo perdeu consistência, e nossos corpos se misturaram numa única solução.

— Camilla — chamei-a, no escuro.

— Diga.

— Tenho que ir. Sandra e as crianças estão me esperando.

— Quantas são as crianças?

— Duas. Alice tem 15 anos e Matteo, 7.

Ela não disse nada, e eu não consegui encará-la. Vesti-me e saí.

A realidade é esta. Ninguém bebe só martini. Ninguém se salva de uma explosão ocorrida a poucos metros de distância ou decide pegar a autoestrada pela contramão, se estiver sendo perseguido pela polícia. Temos prioridades, devemos fazer mercado, pagar os impostos e tentar ser nós mesmos.

Naquela noite voltei para casa mais tarde do que de costume, para grande desapontamento de Matteo, que havia passado o jantar perguntando à irmã e à mãe onde eu estava e a que horas chegaria.

Sandra sem dúvida havia aproveitado a ocasião para lhe explicar com calma que certas coisas podiam acontecer, que de vez em quando ele jantaria sem um de nós, mas, seguramente, nunca sozinho. Certamente se sentara diante dele, como fazia sempre nas situações que interrompiam a rotina com a qual ele estava acostumado, e repetira, escandindo cada sílaba de "O pa-pai a-in-da es-tá no tra-ba-lho, mas da-qui a pou-co vai che-gar!" pelo menos três vezes, depois na língua dos sinais.

Quando me viu entrar em casa, Matteo correu ao meu encontro e me abraçou com força, como se não me visse havia séculos ou estivesse preocupado. Algo de terrível me fustigou o dorso e me perguntei se, em troca das dificuldades de comunicação, meu filho não teria sido contemplado com um sexto sentido digno de um super-herói.

Olhei para ele.

— O papai está aqui! Vai tudo bem, filhote! — e me senti minúsculo e desgraçado.

O que eu estava fazendo? Mas, sobretudo, por que não tinha nenhuma intenção de parar?

Eu e Camilla iniciamos uma organização meticulosa. Ainda não conseguíamos administrar nossos sentimentos, mas eu tinha certeza de que a única coisa importante era proteger minha família.

Tornar-se amante sem se sentir hipócrita é praticamente impossível. Mas não existe solução, e ficar muito atento é a única lei a seguir ao pé da letra, por respeito.

Isto mesmo, hipócrita.

Só nos encontrávamos durante a pausa para o almoço da quinta-feira, dia de folga de Camilla, e depois do trabalho, quando eu não tinha que ir buscar Matteo ou Alice em seus compromissos.

Não era muito, mas aquela lufada de oxigênio, como a chamava para mim mesmo, me fazia tanto bem que eu conseguia enfrentar tudo com mais otimismo. No escritório, me tornara mais solar com Greta e os colegas, e a mudança não passou despercebida.

— Isto é para o senhor! — Greta havia colocado um bombom de chocolate sobre minha escrivaninha.

— Para mim? Por quê?

— Porque ultimamente está sendo muito gentil com todos, e... — Sem terminar a frase, foi saindo.

Olhei-a, abobalhado, e desembrulhei o bombom.

Alberto, essa é Greta, sua secretária, não pense nisso nem por sonho!

No entanto, pensei e, sorrindo, fantasiei um pouco sobre ela. Sentia-me forte e fascinante. Havia passado os últimos vinte anos concentrado em Sandra, primeiro, Sandra e Alice em seguida e, finalmente, em Sandra, Alice e Matteo.

E, também, os anos de Matteo não tinham sido nada fáceis, tanto que me dei conta de não conseguir recordar a última vez em que havia ficado um pouco sozinho com minha mulher. *Talvez isso nunca tivesse acontecido.*

Mas tinha acontecido, sim. Quando a encontrei, Sandra era a mulher mais calma, segura e brilhante que eu já havia conhecido. Usava umas minissaias de enlouquecer, e olhar para suas pernas veladas pelas meias me excitava muitíssimo. Nos dois primeiros anos de casamento, passávamos o fim de semana inteiro na cama, alternando refeições, sexo e televisão em ordem esparsa, sem regras, sem horários e sem filtros. Podíamos ficar nus e muito próximos por 48 horas seguidas.

Depois Alice colocou tudo em ordem cronológica, e Matteo, em ordem alfabética.

Um arrepio me trouxe de volta ao meu escritório. As crianças estavam na escola, Sandra em casa, e eu, o quarto elemento, fantasiava sobre a bunda da minha secretária, saudoso da intimidade com minha mulher. Aborrecido, decidi que era hora de descer para tomar um café.

16.

Passara-se um mês desde quando eu e Camilla havíamos feito amor. E, de certa forma, não tínhamos parado nunca. Era uma paixão adolescente. No entanto, era também uma paixão madura. Era desejo de lúdico e de proibido, de sigilo e de festa.

Quando estava com ela, eu ainda era seu tímido colega de carteira.

Todos os meus sentimentos de culpa haviam desaparecido no instante em que eu girei a maçaneta da porta do bar que me separava dela no dia em que nos reencontramos. Revê-la depois de todo aquele tempo foi como de repente acreditar na reencarnação. Camilla surgira diante de mim como se jamais houvesse ido embora, como se ainda tivéssemos 20 anos. E, em vez de nos deixarmos submergir pelas mil perguntas deixadas sem resposta, superamos velozmente o embaraço, sentando-nos um diante do outro e pedindo duas taças de vinho tinto como se não fosse nada.

Perguntei-me por qual motivo tudo perdia consistência quando eu estava com ela. Minha mulher e meus filhos se desvaneciam naquilo que sempre seria definido como um grande erro, mas que naquele momento representava a única coisa da qual eu tinha realmente vontade.

Eu e Camilla.

Camilla e eu.

Naquela manhã, eu estava sintonizado como sempre no DJ Davide, que enfrentava junto com os ouvintes o espinhoso tema da separação. Pode-se salvar um casamento só pelos filhos? No semáforo, pensei no que responderia se ele tivesse perguntado a mim. Depois me perdi nas respostas dos ouvintes. DJ Davide lia as mensagens que recebia ao vivo, pequenos poemas de resultados lancinantes, enviados por desconhecidos que estavam mandando sua vida inteira por água abaixo em nome do amor, enquanto eu me perguntava se conseguiria condensar toda a minha situação em menos de 170 caracteres. Era evidente que os outros eram muito mais competentes do que eu.

No dia seguinte seria a tarde livre de Camilla, de modo que decidimos almoçar juntos e passar algumas horas em seu pequeno apartamento. Havia um aposento com tatames e futons no centro, duas poltroninhas e uma mesa sobre a qual frequentemente transávamos.

— Eu o aluguei mobiliado... — ela me dizia quase todas as vezes que nos encontrávamos e, como se quisesse se desculpar, um dia havia acrescentado: — De tanto girar pelo mundo, compreendi que tudo o que me é necessário cabe dentro de uma mala — e me piscou um olho, parecendo ainda mais bonita.

Tinha comprado alguns objetos para tornar o ambiente menos impessoal. Um quadro que retratava um recife, umas xícaras de chá, e eu lhe dera de presente um pequeno aparelho de som.

Eu adorava aquele lugar porque era só nosso. O apartamentinho me fazia pensar na vida de solteiro que eu jamais tivera, e me agradava demais o fato de ninguém saber da existência dele.

Era um plano perfeito que me permitia ter aquilo com que todo homem sonhava. Uma família e uma amante. Sentimentos de culpa? Eles têm sempre um estranho modo de manifestar sua presença.

É como nas fotos: você sempre sai muito bem quando sabe que vai ser clicado.

Também naquele dia eu estaria livre a 1 da tarde em ponto, mas havia decidido prolongar o tempo à nossa disposição inventando uma ida ao dentista: assim, me assegurava de que não me procurariam nem mesmo por algo muito urgente, coisa que acontecia com bastante frequência para quem, como eu, cuidava da organização e do controle da atividade dos vendedores da empresa. Claro que o conceito de urgência de um cliente, de uma secretária ou de um subordinado assume variáveis e definições diversas, muitas vezes divergentes. Por esse motivo eu considerava o dentista uma das melhores desculpas: com a boca escancarada e uma broca em ação, é difícil atender ao telefone.

Às 13h07, Camilla estava me abrindo a porta de seu gostoso apartamento, sabendo que me encontraria ali na soleira com meu sorriso mais belo. Havia preparado um almoço frio, muito prático e apetitoso. Grandes sanduíches de atum (um dos meus alimentos preferidos), queijo e tomates secos, uma torta salgada de massa folhada, abobrinha e presunto, um pudim de chocolate e uma garrafa de Arneis de 375 ml, a dose perfeita para duas taças. Tudo servido em pratos de plástico que acabariam no saco de lixo apropriado, em perfeita observância às normas municipais sobre a coleta diferenciada. Seguir as regras fazia com que nos sentíssemos melhor, embora nunca tivéssemos explicitado isso em voz alta.

— Adoro as quintas-feiras, ou melhor, adoro esta parte das quintas-feiras. Desde quando passamos a nos encontrar, minhas semanas se deslocaram. Começam na sexta-feira e terminam com o verdadeiro dia de festa. Este!

Camilla estava de bom humor, o que me deixava feliz. De certa forma, eu pensava igual a ela: os fins de semana passados em casa com a família eram cheios de compromissos e, muitas vezes, me ocupar de mulher e filhos se tornava um peso.

Eu tinha de ajudar Matteo nos deveres de casa, organizar o passeio com todos eles, brigar com Alice e suas atitudes intolerantes que no fundo eu compreendia, escutar a voz de Sandra listando todas as coisas que devíamos resolver.

Durante a semana, tinha de fazer mercado e arrumar tudo na despensa, passar na casa dos meus sogros para dar um oi, levar Matteo para jogar bola e Alice para a aula de tênis, convidar os amigos para jantar num daqueles dias e fazer reserva num hotel para a *settimana bianca** antes que se esgotassem os quartos para quatro. Uma série de deveres que me deixavam sem ar.

O ar. Era a primeira coisa que passara a me faltar em casa depois que reencontrei Camilla.

— Eu também penso assim, querida. Juro que seria capaz de nem voltar a trabalhar para ficar com você — respondi, buscando os dedos dela sobre a mesa, e acrescentei, suspirando: — Vamos nos deitar um pouco? Quero abraçá-la.

Estendidos na cama um ao lado do outro, começamos a fazer a lista costumeira, um pouco melancólica e um pouco alegre, de tudo o que poderíamos ter feito se não fôssemos nós mesmos.

Eu tentava imaginar como seria tudo se eu estivesse separado ou, melhor ainda, se jamais tivesse me casado e, quem sabe, nós dois ainda fôssemos aqueles jovens sem vínculos.

— Às vezes você pensa em como teriam sido as coisas, se não tivesse ido embora?

---

* Literalmente, "semana branca", feriadão passado em uma localidade de montanha para praticar esportes de inverno. (*N. da T.*)

— Não, não penso nisso. A vida correu assim. Eu não podia ficar. Se tivesse ficado, hoje não seria eu. Talvez tivesse ido embora depois e por algum outro motivo. Quem pode saber? Não é bom pensar no passado; temos o futuro para administrar. Talvez até já esteja escrito e, por mais que nos esforcemos, será ele a escolher por nós! — respondeu ela, olhando para o teto.

— Então, em sua opinião, nos reencontramos no momento certo?

— Talvez não seja o certo, mas evidentemente é o único possível.

Suspirei, tentando compreender se ela estaria com a razão, se a única solução para não nos sentirmos partidos ao meio fosse a de jamais nos termos conhecido.

Camilla se aninhou no meu peito e a apertei de leve.

— Tudo bem — respondi.

Ali podíamos ser qualquer um, mas continuávamos sendo nós, entrelaçados, secretos, enamorados apaixonados e cúmplices.

Não deixávamos pistas. Quase nunca nos telefonávamos, apagávamos atentamente todos os recados logo depois que os líamos, procurávamos respeitar os horários e ter paciência.

A regra fundamental era não levar nada para fora daquele apartamento.

Nunca, por nenhum motivo.

Frases, palavras, notas fiscais, bilhetinhos, fantasias e tudo o que recordasse nosso amor permanecia escondido numa velha lata de chá da qual Camilla havia removido as divisórias para os sachês a fim de obter espaço.

Ninguém crê que viverá uma vida normal. Alimentamos grandes sonhos e somos incrivelmente otimistas, imaginamos filhos fortes e saudáveis e desenhamos casas acolhedoras e serenas. Todos pensamos que nossa passagem pela Terra será especial e somos cheios de expectativas quanto ao futuro. Quanto ao que faremos e ao que nos tornaremos. Depois nos confrontamos com a realidade e, se conseguirmos nos manter de pé, já é um milagre.

O despertador tocou. Acordamos meio assustados. De vez em quando, na verdade não com muita frequência, acontecia de conseguirmos passar muito tempo no mesmo aposento, na mesma cama, sem nos atracarmos como animais, sem fazer o nosso longo e perfeito sexo sincronizado. E aquela foi uma dessas vezes. Camilla adormecera com a cabeça apoiada no meu braço e eu a seguira, abandonando qualquer pensamento relativo a tudo o que se encontrava fora daquele aposento cômodo.

— Caralho, que horas são? — disse eu, soerguendo-me nervoso, na cama. Em um instante, procurei recordar velozmente o que me aguardava no escritório. O pensamento de não ter nenhuma reunião me acalmou.

— Três e dez.

— Você ainda vai ficar aqui um pouco?

— Não! Tenho aula daqui a meia hora: dois casais de aposentados que querem aprender a dançar tango e infelizmente só podem às quintas-feiras. Adeus, dia livre... Mas não assumo nenhum compromisso antes das quatro. Prometo! — disse Camilla, lançando-me um olhar cúmplice.

Eu me vesti e lavei o rosto. Diante do espelho, deixei que ela me ajeitasse a gravata.

— Pronto, agora você está perfeito! — Abracei-a com tanta força que por um instante senti o impulso de despedaçá-la.

— Eu amo você.

— Eu também.

— Nos vemos segunda-feira para o café?

— Claro! Mas pense um pouco em mim, neste fim de semana.

— Não farei outra coisa. Já estou com saudade de você.

— E eu, idem, morrendo.

— Não morra que segunda-feira quero você em plena forma!

17.

O domingo do meu aniversário coincidiu com os dois meses exatos da minha relação com Camilla.

Não lembro se já havia acordado, talvez ainda estivesse dormindo um sono leve, quando uns cochichos se insinuaram no quarto.

Minha mulher e as crianças estavam paradas na porta, rindo baixinho. Matteo segurava uma pequena torta com uma velinha acesa e, quando compreendi o que ia acontecer, Sandra e Alice entoaram um *Parabéns pra você* dos mais desafinados, enquanto Matteo marchava sorridente em direção a mim, tentando não apagar a chama.

Eram a minha família. Sentei-me e soprei a velinha.

Matteo, em seu italiano embolado, disse:

— Feliz aniversário, papai —, e eu o compreendi. Meu coração começou a flutuar, feliz.

— Obrigado, meu anjo!

Alice saltou para a cama e me abraçou.

— Parabéns, coroa!

— O quê? Quem é coroa?

— Você! Resolvemos colocar só uma velinha, senão teríamos que fazer uma torta gigante — respondeu ela, cuidando de escandir as sílabas e de se manter diante do irmão para que ele lesse seus lábios.

Matteo riu e se aninhou ao meu lado.

Aos gritos de "Torta, torta, torta!", Sandra foi buscar pratinhos, garfos e guardanapos. Instalou-se na cama, junto de nós, para completar o círculo em torno do doce feito especialmente para me festejar, e de certo modo éramos a figura geométrica mais perfeita.

Depois do diagnóstico de Matteo, Sandra havia interrompido suas traduções para se dedicar a ele de corpo e alma. Naquele período passado cuidando de Matteo, tivera um só objetivo, que ia além de preencher os vazios de comunicação do filho: o de que ele fosse um menino sereno. E vê-lo sentado na cama, comendo um pedaço de torta e rindo com a mãe e a irmã, me fez compreender que ela havia conseguido.

Crianças com deficiência auditiva tendem a se tornar mal-humoradas e agressivas. É uma consequência natural da frustração decorrente da dificuldade de se exprimir e de se fazer compreender. Matteo, ao contrário, era um menino doce e sensível: sorria muitíssimo, havia aprendido a se expressar na língua dos sinais, a ler lábios, e continuava a fonoaudiologia, inclusive em casa, graças à mãe e à irmã, a fim de ter no futuro o máximo de instrumentos para se fazer entender.

Terminada a torta, Sandra empilhou todos os pratinhos e os pousou no criado-mudo. Alice segurou o irmão pelos pés e o puxou para si. Matteo continuava dando risadas com sua voz rouca, as mãos segurando seus preciosos aparelhos auditivos. Ao vê-lo ali deitado, enquanto sua irmã lhe fazia cócegas e ele, divertido, tentava protegê-los, compreendi que jamais desejaria que ele fosse diferente.

Quando apoiei os pés no chão, vendo meus filhos correrem atrás de Sandra, prometi a mim mesmo que terminaria a relação com Camilla.

Estamos habituados a só ver sempre um lado da lua, e isso também acontece na vida; vemos somente um pedaço dela e o confundimos com o total. Quando se trata de nós, não conseguimos aceitar que alguém saiba mais a nosso respeito. Porém, se acontecer, e nos dermos conta disso, eis que nossa lua está destinada a despencar.

— Por quê?

— Porque está errado!

— Mas até agora conseguimos nos ver sem criar problemas. Acha que é fácil para mim?

— Não, de jeito nenhum. Mas...

— Você tem mesmo certeza?

— Não, Camilla, não, tenho certeza. Não faço outra coisa senão pensar em você, conto os minutos que nos separam e amaldiçoo os que conseguimos passar juntos porque são sempre muito poucos, mas a minha família existe, e a última coisa que desejo é frustrá-la!

— Eu amo você e não quero perdê-lo.

— Camilla, eu também amo você! — E a emoção me fez corar a tal ponto que precisei desviar dela o olhar.

Suas mãos levantaram meu queixo.

— Alberto, não tome decisões apressadas. Dê mais tempo para a gente. Estou convencida de que tudo vai correr melhor...

— Melhor? As coisas não irão a parte alguma, porque não vão mudar. Jamais deixarei minha família. — Era a única coisa da qual eu tinha certeza.

Camilla se encurvou como se algo a tivesse golpeado. Olhei-a e finalmente disse:

— Meu filho Matteo é surdo.

Era a primeira vez que eu lhe confiava a verdade sobre Matteo.

A expressão no rosto dela mudou.

— Oh, meu Deus, lamento... por que você não me contou logo?

— Não sei, talvez porque para mim seja normal. Eu também não lhe disse que Alice ouve muito bem.

— Mas não é a mesma coisa.

— Não, tem razão. Cada um deles é especial de modo diferente.

— É surdo desde o nascimento?

— Achamos que sim. No começo nos disseram que era um caso grave e que deveríamos mandar operá-lo para ter alguma esperança. Foi a decisão mais difícil de tomar. Você nunca sabe se a pessoa que está à sua frente realmente pensa no bem do seu filho ou se tem outros interesses. Mas o maior problema é que você tampouco sabe o que é o bem dele. O diagnóstico caiu como uma guilhotina e estávamos completamente despreparados. Deveriam dar tempo a você, dizer que seu filho será surdo, e não que já o é, e pronto. Porque assim você estuda, se informa, procura pessoas, ouve opiniões e formula uma ideia própria. Em vez disso, você está ali, num quarto de hospital, prestando atenção nas palavras de alguém que você tem certeza de que sabe mais do que todo mundo e se sente sozinho e cheio de medos horrendos e dolorosos. — Esboçando um leve sorriso, continuei: — Quem não perdeu o controle, foi Sandra; logo ela, que era a mais apavorada!

A mão de Camilla tocou a minha, encorajando-me a continuar.

— Quando voltamos para casa, já nada parecia como antes. Atravessamos o inferno. Não sabíamos o que nos dizer e a quem recorrer, e, enquanto isso, nossos filhos dependiam de nós. Decidimos não mandar operá-lo, fortalecidos somente pelo consolo de que vê-lo deitado num leito de hospital, com uns ferros na cabeça, era algo que podia esperar. Depois nos dizíamos que nunca se sabe se os aparelhos auditivos estão bem regulados, se funcionam ou se são suficientes. Improvisávamos ruídos inesperados para ver a reação de Matteo. Ligar o televisor quando ele não estava olhando, tocar repetidamente a campainha, bater as tampas das panelas, aumentar o volume do rádio.

Em poucos segundos, passávamos do silêncio plácido ao estrépito e registrávamos cada mudança de posição dele, cada piscada, cada sorriso ou movimento. Enquanto isso, passávamos de um especialista a outro, e a cada vez a sensação que nos invadia era desalentadora e deprimente.

"Uma vez Sandra gritou 'Meu filho não é um objeto com defeito!' a um audiologista que a criticara pela enésima vez porque ela desconfiava da tal operação. Saiu correndo com Matteo nos braços e se refugiou no carro, chorando. Fui ao seu encontro e os encontrei no carro assim: Matteo dormindo na cadeirinha instalada no banco de trás e ela em lágrimas com a cabeça sobre o volante. Havia travado as portas para que Matteo ficasse protegido e ela pudesse chorar dentro daquela bolha, longe de todos."

Camilla pegou dois copos, encheu-os de água e me estendeu um.

— Continue, por favor.

— O que mais você quer que eu conte? Sobre as dezenas de fonoaudiólogos que consultamos? É como achar um psicólogo: não basta que ele seja competente, deve também ser adequado a você, senão o trabalho é inútil. Mas, para saber se vai dar certo, é preciso esperar, confiar nele, e muitas vezes você percebe que simplesmente perdeu tempo, sobretudo se seu filho é pequeno e não sabe se expressar. Então você recomeça do início e a cada vez se pergunta onde encontrará as energias e de onde vai tirá-las, se do trabalho, de sua mulher ou, pior ainda, de sua filha, que enquanto isso cresce sozinha e aprende palavras como "holocausto", "prostituição" e "homossexualidade". Não havia ninguém para responder às perguntas dela.

"Agora ela já está madura; aliás, acho que sempre o foi. Foi ela quem nos impeliu a aprender a língua dos sinais. Um dia voltou agitadíssima da escola, não entendíamos se estava empolgada ou furiosa. Na escola, haviam falado do alfabeto para surdos-mudos. 'Por que não o usamos?', perguntou. 'Existe uma linguagem inteira que se expressa por sinais, é empregada pelos que não escutam e pelos familiares deles', nos disse."

"Claro, concordamos em que ela treinasse aquela linguagem, mas mesmo assim queríamos que Matteo aprendesse a falar. A especialista que tratava dele após nossa fuga do hospital nos aconselhara a evitar a língua dos sinais, porque isso o deixaria preguiçoso, e afirmara que para conseguir resultados era necessária uma frequência contínua ao fonoaudiólogo. E os resultados obtidos até aquele momento lhe davam razão. Os progressos de Matteo eram constantemente visíveis, mas Alice se convencera de que poderiam melhorar."

"E exclamava: 'Mas ele pode ser bilíngue! E nós seremos também com ele. Será mais fácil lhe explicar o nome das coisas... pelo menos vamos tentar, eu li que os surdos que utilizam a língua dos sinais aprendem a falar melhor e antes dos que não a empregam regularmente.' E assim nos inscrevemos no curso, os quatro. Agora, usamos em casa ambos os sistemas, escandimos as palavras e as repetimos com gestos. Alice tinha razão. Matteo agora tem uma possibilidade de se expressar a mais, e nós também."

— Ela deve ser uma garota muito doce.

— Só com o irmão. Com os outros é desconfiada. Protege-o como se ele fosse seu filho. Nós também somos assim, só que ela tem as maneiras típicas de uma adolescente. Exageradas no bem e no mal. Os dois são inseparáveis. Ela o faz brincar, ajuda-o nos deveres de casa e, todas as tardes de terça-feira, lhe serve de babá. Creio que Matteo se sente mais seguro com ela do que com qualquer guarda-costas! — disse eu, sorrindo.

— Você tem sorte. Seus filhos são esplêndidos.

— Nada disso teria sido possível sem Sandra. Ela fez um milagre pela nossa família. A vida nos trouxe dificuldades imprevistas e injustas que ela combate a cada dia, sem trégua, sem se deixar apanhar despreparada. Se eles são fantásticos, o mérito é só dela! De vez em quando eu me detenho para observá-la: talvez esta não fosse a vida que ela queria, eu não sou mais o objeto de seu desejo e de sua paixão, talvez preferisse de vez em quando desligar ela mesma o áudio. Talvez tenha vontade de fazer uma viagem ou de sair para jantar com suas velhas amigas, mas não faz isso porque Matteo sabe que jantamos todos juntos às 8.

"Se ela não tivesse me explicado e não tivesse me dado tempo para entender, eu ainda estaria me perguntando quem é o meu filho. Não foram os filhos que nos mantiveram unidos, mas ela. Os problemas e o desalento foram tão grandes que, se ela tivesse perdido o controle, já não estaríamos aqui. É por isso que eu não posso continuar com você. Nossa história deve terminar agora. Preciso pelo menos tentar, por eles. Lamento."

Camilla baixou a cabeça e deslizou a mão pelo meu braço até abandoná-lo.

Eu tinha decidido não a ver mais, devia fazer isso pela minha família, porque eles me importavam mais do que qualquer outra coisa. Tinha de ser assim, eu não tinha escolha, mas me separar de Camilla novamente foi como decidir me amputar um braço ou uma perna. Eu sabia o que significava perdê-la, mas ainda não havia experimentado a sensação de fazer isso depois de tê-la reencontrado.

O controle nos agrada, nos dá segurança e faz com que nos sintamos invencíveis. Mas as coisas que conseguimos controlar de fato, por natureza, são poucas. Ficamos arrepiados se sentirmos frio, temos fome se virmos comida e coramos se estivermos embaraçados. Apaixonamo-nos por quem não gostaríamos e somos bruscos até com quem não merece isso. Exercitar o controle nos é difícil, e nossas reações falam por si sós.

18.

Julgar faz parte de nós. Repetimos frases como: "Não estou fazendo nenhum juízo, mas..." ou então: "Não me cabe dizer o que penso disso, porém...", e inevitavelmente chega a sentença. Paramos na superfície, e um pequeno detalhe se transforma na totalidade das informações. Se alguém nos ignora, nós o chamamos de mal-educado; se descobrimos uma pessoa traindo, temos certeza de conhecer suas motivações; se a vemos feliz, sabemos que aquilo não vai durar. E se déssemos uma olhada em nossas vidas? Descobriríamos as semelhanças com essas situações.

Precisei de 24 horas para compreender que não resistiria por muito tempo e, no momento em que admiti para mim mesmo que a reveria, imediatamente me senti melhor.

Depois de dez dias, eu tinha voltado ao ponto de ebulição. Qualquer oportunidade me servia para fazer uma pausa e pensar nela e no vazio que a silhueta do seu corpo sabia escavar dentro de mim. O mesmo vazio que me invadira muitos anos antes e que de certa forma eu havia somente aprendido a habitar, sem nunca preenchê-lo. Minha pior parte, minhas inseguranças e dúvidas e todas as minhas melancolias, eram apenas a falta de Camilla. Desde sempre.

Era uma quinta-feira, e naquela manhã meu fiel companheiro radiofônico de viagens me alegrara com a ideia de mudar de cidade. *"De quanta coragem se precisa para largar tudo e ir viver num lugar distante? Povo do rádio, quantos de vocês gostariam de desaparecer e ir abrir o famoso quiosque de sorvete numa praia tropical? Aos que acalentam essa ideia, pergunto: estão fugindo de quê?"*

Desliguei o motor e fui trabalhar fingindo não ter escutado.

Saí do escritório sem pegar o paletó e me precipitei para a rua. Uma só direção, uma só meta. Indiferente a tudo, a quem eu podia encontrar, a quem podia me procurar; e até à possibilidade de que ela não estivesse sozinha.

— Eu amo você.

— Alberto! — Camilla me encarava com expressão perplexa. Havia prendido os cabelos e estava suja de tinta.

— Resolvi pintar as paredes para me manter ocupada...

— Você não entendeu, Camilla! Eu amo você desde o primeiro momento em que a vi, e quando penso nisso fico mal. Mas não sei o que fazer, porque deveria odiá-la pelo que você me fez, pelo jeito como partiu e até pelo modo como voltou, com tanta naturalidade, como se fosse um direito seu, despedaçando tudo o que eu construí. Só que não. Eu odeio a mim mesmo porque não sei mandá-la embora, não consigo deixar de pensar que deveria tê-la seguido até o fim do mundo, porque agora seria tudo diferente. Mas hoje eu sou um pai e tenho uma esposa que não tem nada a ver com tudo isso e que nem imagina ter se casado com o homem errado, e agora eu só queria poder voltar para casa e contar a ela, mas não posso. É impossível para mim. Se fizesse isso, eu a mataria, e com ela tudo o que fingi ser, e que no entanto é muito melhor do que este que realmente sou. Eu me sinto um monstro.

— Soltei tudo quase sem tomar fôlego.

— Alberto, acalme-se!

— Como é que eu vou me acalmar? Não posso deixá-los e não quero perdê-la. Quem deve resolver isso é você! Deve ir embora de novo. Não pode ficar aqui, não onde eu posso encontrá-la, não onde posso imaginá-la. Você tem que voltar a ser uma recordação do passado, não pode continuar sendo tão real. Não pode.

Camilla estendeu a mão para a minha.

— Eu também amo você, Alberto, e minha dor é maior, porque sofrer uma escolha errada não é tão ruim como tê-la feito.

Fitei os olhos dela, e a emoção explodiu dentro de mim quando a ouvi dizer:

— Eu não devia ter ido embora. A dança, o meu sonho e todos os aplausos recebidos não valem uma só de suas palavras, nenhum dos seus beijos e o sacrifício de tê-lo perdido. Mas não sei o que fazer. Se você quiser que eu vá embora, basta me pedir outra vez. E eu irei!

— Não. Por favor, não vá.

É, como se tivéssemos escapado de um perigo, eu a apertei nos meus braços, confessando meu maior medo.

Não conseguimos parar. Quando uma coisa nos dá alegria, nos proporciona prazer, dizer "chega" é difícil. Dinheiro, comida, álcool, drogas nos fazem nos sentir bem. Já o amor nos torna dependentes dele.

Eu queria ficar ali. Naquela casinha sem nada que me pertencesse. Nenhum objeto e nenhuma recordação. Como se tivessem feito uma lavagem cerebral em mim. Eu queria o impossível? Desejar que o tempo pare e que um dia dure até o infinito para estar com quem você ama é realmente algo pelo qual você deva se reprovar?

Eu não tinha nenhuma resposta adequada.

Pouco depois liguei para Greta e disse que houvera um contratempo com as crianças, que eu voltaria mais tarde e que ela podia ir embora mais cedo, sem precisar me esperar. Depois peguei um pincel e ajudei Camilla a pintar a água-furtada.

À tardinha, sozinho no carro, eu continuava pensando nas mil coisas que gostaria de fazer com Camilla. Viajar, mesmo que só por um fim de semana, jantar em algum restaurante romântico, ir à praia onde nos tínhamos beijado pela primeira vez. Pensava no que diria a Sandra e a Greta para fugir como se fosse natural, como se fossem só problemas técnicos.

— Estou sem fome. Vou tomar um banho e me deitar. Uma dor de cabeça tão forte que não me aguento em pé.

Falei isso para Sandra sem sequer dizer oi. Ela me olhou, curiosa, e disse:

— Tem certeza? Se você quiser, eu lhe preparo alguma coisa quente... Está com febre?

— Não, é só cansaço. Dia complicado. Diga às crianças — respondi, tentando não olhar para ela.

— Alberto!

— Sim?

— Você está sujo de tinta.

— Onde? — perguntei, tentando ganhar tempo para pensar numa desculpa.

— Aí, nos cabelos — disse Sandra, apontando uma mancha colorida que eu não tivera o cuidado de lavar.

— Pois é. Hoje fizeram obras no escritório. É também por isso que estou destruído. O dia inteiro no meio dos operários... uma bagunça de enlouquecer. Vou tomar banho que é melhor! — e fui saindo, feliz pela criatividade, e deixei Sandra na cozinha.

Eu estava aprendendo a administrar minha indignidade, que com o passar do tempo me parecia cada vez menos grave.

As emoções atrapalham. Se você quiser resolver um problema, tem de deixá-las sempre de fora. As decisões e as mudanças devem ser enfrentadas de maneira cirúrgica: quanto mais você conseguir se manter frio e cínico, mais fácil será riscar, cortar e suturar. E, se de fato desejar algo diferente, só deve se afastar da mesa cirúrgica depois de concluída a operação.

O tempo retomou seu fluxo, e Camilla havia começado a se ambientar. Sua casa adquiriu um aspecto menos improvisado e mais pessoal; embora o lugar continuasse sendo pouco mais do que um cubículo alugado, eu o adorava.

— Uma colega me convidou a ir à casa de campo dele no fim de semana para um churrasco.

Camilla fora daquele apartamento, Camilla junto de outras pessoas, Camilla junto de outro homem. Era a sensação de muitos anos antes, de quando eu a via conversar com alguém que não era eu, de quando percebia que ela era demais para mim.

Quanto tempo se passara desde a última vez em que eu sentira ciúme?

Não falei uma palavra. Vi-a gesticular, enquanto me contava um trecho de vida real que eu não tinha levado em conta.

Não existiam somente Alice, Matteo e Sandra. Camilla também podia se cercar de outros além de mim? Já não lhe bastava somente a dança?

Pensei que deveria impedi-la de ir. Mas como? Pedindo? Eu tinha esse direito? Era um homem casado que lhe dedicava apenas retalhos de tempo, mantendo-a fechada numa caixa que ela aceitava sem grandes reclamações, mas sua vida também ia adiante. Ela se instalara, e com toda a probabilidade estava procurando fazer amigos, coisa que seguramente não lhe seria difícil.

Perguntei-me se seu desejo de conhecer novas pessoas estava ligado somente à necessidade de passar o tempo em companhia de alguém ou escondia a intenção de me abandonar.

Fechei a cara, mas Camilla pareceu não perceber. Sentia-me confuso e idiota. Fui embora rapidamente.

Precisava ficar sozinho.

Retornei ao escritório, driblei Greta e me sentei à minha escrivaninha.

Minutos depois, eu peguei o telefone e liguei para Camilla.

— Arrume a mala.

— Por quê?

— Vamos passar este fim de semana fora.

— Como assim? Onde? Eu já assumi um compromisso!

— Cancele. Minha mulher vai levar as crianças para visitar a tia, sou um homem livre! — menti. — Podemos aproveitar, topa? Vamos às termas?

— Fantástico — respondeu ela, encerrando-me ainda mais na confusão em que eu me metera.

Chamei Greta e mandei-a reservar um fim de semana num lugar aonde ela me dissera ter ido com o namorado, algum tempo antes, pedindo-lhe a máxima discrição, porque eu iria fazer uma surpresa à minha mulher. Depois corri à rua, comprei um calção de banho e o escondi no carro.

A verdade dói. É por isso que inventamos mentiras. Se não estivermos suficientemente prontos, então negamos até mesmo a evidência, se necessário. Negamos nossos medos e a vontade de ter sucesso, nossas cobiças, sejam quais forem, e o temor de não dar certo. Não fazemos isso para obter mais: é só para que as coisas permaneçam como antes, para manter a ilusão de que nada mudou. Mentimos tão frequentemente que já não conseguimos reconhecer a verdade, mesmo quando tudo desmorona e a realidade está ali sob nossos olhos. Fingir nos aprisiona.

Antes de ligar o carro regulei o retrovisor em direção a mim, pigarreei e, buscando um tom natural, disse: "Neste fim de semana tenho que viajar a trabalho", mas não fui convincente.

Experimentei de novo com: "Querida, está lembrada de que neste fim de semana eu vou estar fora?"

Reclinei a cabeça no encosto e continuei a me olhar no retrovisor. Havia algo diferente. A única imagem minha refletida que eu recordava era no banheiro, onde raramente ficava sozinho. Observava-me de esguelha quando ajudava Matteo a escovar os dentes ou brigava com Alice porque ela se maquilava demais para sua idade. Anos antes, diante daquele mesmo espelho, abraçava minha mulher enquanto ela lavava o rosto ou então a beijava.

Agora via apenas a mim mesmo.

Por isso estava diferente. Faltava alguma coisa.

Na cozinha, encontrei Sandra com minha sogra, a qual me deu um beijo e foi se despedir das crianças antes de voltar para casa. Eu aproveitei:

— Querida, infelizmente neste sábado tenho de ir à sede, em Roma, para um encontro com alguns clientes. — Tentei sustentar o olhar interrogativo de minha mulher e continuei: — É hora de resolver certos problemas, e, se eu mesmo não for, não vamos conseguir nunca.

— Volta no mesmo dia? — perguntou ela, calma como se fosse tudo normal.

— Não, vamos levá-los a um restaurante e eu durmo lá. — Percebi que meu tom saíra desafinado e que havia falado depressa demais, justamente como faria alguém que precisa esconder algo. Continuei dando explicações e detalhes não solicitados: — Eu vou cedo, de carro, primeiro fazemos uma pequena reunião com os colaboradores e depois iremos jantar com os clientes. Domingo, volto com calma. — Meu coração havia começado a me martelar o peito, e eu tinha certeza de que Sandra podia ouvi-lo.

— Tudo bem — disse ela, virando-se para o forno.

Eu tinha conseguido?

— Alberto...

Um baque no peito e me voltei sem conseguir responder.

— Chame as crianças. Está pronto! — E seus olhos me atravessaram o cérebro.

Voei dali e me fechei no quarto, onde tentei recuperar o fôlego.

O fim de semana foi fantástico, ou quase. Embora não fosse necessário, levantei-me ao amanhecer para dar mais credibilidade às minhas mentiras. Vesti-me no escuro e acordei Sandra para me despedir. Olhando-a dormir, eu me perguntara se era melhor sair sem fazer barulho. Mas depois disse a mim mesmo que, assim que se levantasse, ela me telefonaria, e a última coisa que eu desejava era atender quando estivesse no carro com Camilla.

— Bom dia. Já amanheceu, estou indo. Mais tarde eu telefono.

Pensei no significado daquele "mais tarde". O que queria dizer? Em tempos felizes, eu a chamaria do primeiro posto de serviços, por volta das 10, quando sabia que não iria incomodá-la e que com toda a probabilidade ela me passaria também as crianças, ocupadas em fazer seu desjejum com a mãe num dia sem aulas.

Respeitei as regras. Parei num posto, com a desculpa de tomar um café e ir ao banheiro, e ali, cercado por odores de amoníaco e de coisas bem piores, prendendo a respiração o máximo possível, telefonei para casa. Um telefonema rápido, cheio de perguntas: "As crianças acordaram? Todo mundo já tomou café? Que programa vão fazer? Você pretende ir almoçar na casa de sua mãe?" e assim por diante, só para evitar que as perguntas fossem feitas por ela.

Desliguei e guardei o celular no bolso, mas tirei-o em seguida, para conferir se havia desligado mesmo, e apertei a tecla de bloqueio.

Já ouvira muitas histórias de relacionamentos descobertos por causa de telefonemas feitos ou recebidos sem controle.

Voltei para Camilla, que me esperava no carro, e finalmente comecei a relaxar.

Segurei a mão dela por toda a viagem e foi maravilhoso. Na recepção, o homem atrás do balcão nos exibiu um amplo sorriso e, ao falar comigo, referiu-se a Camilla como "sua senhora". Senti o impulso de corrigi-lo, mas não o fiz e experimentei curtir aquela situação.

E consegui.

Passeávamos abraçados com naturalidade e com os dedos entrelaçados. Havia séculos que eu não fazia isso. Circular sem rumo, olhando ao redor em busca de cantos escondidos, cenários para ambientar uma foto que, no entanto, não podíamos bater.

Jantamos num restaurantezinho com apenas quatro mesas. Era romântico e discreto.

Mas não éramos turistas comuns; éramos dois amantes clandestinos com a felicidade contada. Ela era inteligente demais para resistir por muito tempo, e eu sabia disso. Éramos um acúmulo de mentiras que mais cedo ou mais tarde nos esmagaria. Mas, por enquanto, estávamos ali.

Eu e Camilla.

Camilla e eu.

Levantei-me e saí a fim de telefonar para casa, e aquele corte de vida real que entrou no sonho me atordoou.

Fizemos amor de maneira doce e lenta e adormecemos nus e abraçados. De madrugada, o frio me acordou. Afastei levemente os cabelos de Camilla e a cobri até o pescoço. Olhei-a na penumbra. Sua respiração lenta, o perfil perfeito e seu costumeiro ar sereno me doeram. Não era justo. O que eu estava fazendo era horrendo.

Eu não tinha coragem suficiente, e todo o resto eram apenas álibis.

Quando Camilla abriu os olhos, achei-os como sempre a coisa mais linda que eu já vira e me acalmei.

Sentia-me verdadeiro numa vida inexistente e falso na vida real.

Deixei Camilla em casa com o ar de quem acabou de ser coberto de pancadas. Na viagem de volta, ela não dissera uma palavra e eu me perguntava se não estaria considerando a ideia de me deixar.

Eu gostaria de ser diferente. Ou melhor ou pior. Um homem que tivesse a coragem de salvar sua família ou então um babaca que soubesse despedaçar o coração da mulher e dos filhos. Mas não aquele híbrido intermediário que me deixava enojado.

— Eu queria conseguir viver sem você — Camilla me disse ao se despedir.

Senti-me perdido no meio do oceano.

Cheguei em casa pouco antes do jantar. E tudo parecia tranquilo. Sandra estava lendo no sofá, e as crianças estavam em seus quartos. Eu queria me trancar no banheiro e me sentar na ducha sob uma cascata de água fervente.

— Como foram as coisas? — perguntou minha mulher, levantando-se.

— Cansativas, mas conseguimos resolver um monte de coisas — respondi, dirigindo-me ao nosso quarto. — E aqui, tudo bem?

— Sim, tudo normal.

Normal?

A normalidade está entre aquilo que você é e aquilo que você gostaria de ser.

Poucos segundos depois, as crianças surgiram no corredor.

— Papai! — Matteo correu para mim enquanto sua irmã se aproximava lentamente para me dar um beijo delicado e discreto. — O que você trouxe para nós? — A voz do meu filho pareceu repentinamente clara e definida, ao passo que a minha havia afundado no vazio. Eu não me afastava de casa com muita frequência, mas o habituara a esperar sempre uma surpresa. Agora estava ali, olhando suas mãos estendidas, enquanto o sentimento de culpa me invadia. Poderia ter parado num posto qualquer, ou então apanhado algum dos brindes que recebia no escritório, mas isso nem passara pela minha cabeça. Eu tinha me esquecido do meu filho. Aquele pequeno ritual que eu mesmo criara havia desaparecido por inteiro de minha mente.

— Deixei no carro, meu anjo! Prometo que amanhã trago. — Falei, sem coragem de fitá-lo nos olhos.

19.

Algumas noites depois da minha pequena fuga de amor, cheguei em casa e encontrei Sandra pronta para sair. Usava um vestido azul, com um cinto largo nos quadris, e sapatos de salto.

— Topa ir jantar fora? — propôs.

— E as crianças?

— Estão na casa da mamãe. Por uma noite não vão morrer sem nós!

Eu não tinha a menor vontade de sair, mas fingi que tudo bem.

Ela sabia? Eu havia lido em algum lugar que as esposas traídas procuram consertar as coisas interpretando a si mesmas quando jovens. Livram-se dos filhos e se comportam como garotas.

Entramos num restaurante que costumávamos frequentar muitos anos antes, mas era evidente que havia mudado de gestão e se esquecera de se renovar. As flores de mentirinha sobre a mesa, as toalhas amarrotadas e uma luz

177

excessivamente artificial deixavam tudo muito esquálido. Sandra estava bonita demais, e não só para aquele lugar. Olhei-a por cima do cardápio. Ela era forte como um carvalho. Havia enfrentado coisas horríveis e cruéis. A surdez de Matteo era injusta para nós dois, mas era ela a mãe que transformara a impotência desarmante em energia.

Fizemos o pedido e iniciamos uma conversa desconexa sobre o futuro. Os planos de Alice para depois do liceu, a escola que devíamos escolher para Matteo depois do fundamental, as férias já próximas e a necessidade de trocar o carro.

Eu olhava Sandra enquanto, com calma, considerava o máximo de variáveis possíveis para descrever nosso futuro.

Preciso falar com você sobre uma coisa importante.

— O que você acha de medicina, Alberto?

Conheci Camilla muito tempo antes de encontrar você.

— Alice ainda me parece meio confusa.

Entrou de novo em minha vida e compreendi que ela jamais havia saído.

— É uma escolha importante e ela terá que pensar bem, só que ainda me parece muito criança.

Somos amantes há seis meses e eu não consigo deixá-la.

— Alice é excelente nas matérias científicas.

Eu já não amo você e só Deus sabe o quanto lamento isso.

— A fonoaudióloga me disse que Matteo fez grandes progressos. Fiquei feliz!

Eu queria ter coragem para lhe pedir perdão.

Após a sobremesa, paguei a conta, ajudei Sandra a vestir o casaco e voltamos em silêncio para casa.

Eu tinha compreendido que Sandra não desconfiava de nada. Por quê? Não me achava capaz? Ou estava concentrada demais em fazer nossas histórias se encaixarem e em oferecer uma vida digna aos nossos filhos? Ou seria porque o problema de Matteo devia nos manter unidos inevitavelmente?

Observei-a se despir. Movia-se pelo quarto e pelo mundo lenta e natural, como se tudo o que lhe cabia estivesse ali ao alcance da mão. A família, assim como a escova de cabelos e o creme hidratante.

Aproximei-me daquele corpo que eu tinha amado, mas já não conseguia tocar, e ela deve ter percebido, porque se afastou de mim com impaciência, deixando-me no escuro, rígido e encabulado.

Na infância, conseguimos pedir desculpas e pronto. Pedimos quando empurramos alguém ou quando no maternal lhe derramamos em cima alguma tinta, além de também depois de termos feito manha. Repetimos as desculpas como uma fórmula mágica que conserta tudo. Na idade adulta não é assim tão fácil, as palavras não bastam, devemos estar convencidos delas.

20.

Naquela segunda-feira de outono, eu dera a Greta a costumeira desculpa do dentista e me ausentara do escritório por volta das 10h30.

Fui ver Camilla.

Encontrei-a ocupada em fazer seus exercícios. Usava um collant preto e uma meia-calça branca levemente transparente com polainas franzidas sobre as panturrilhas.

— Ainda preciso de uns cinco minutos.

— Esqueça, quero e preciso de você agora mesmo! — disse eu, tentando falar sério.

Ela sorriu e, com ar de desafio, respondeu:

— Ora, Alberto, não encha. Tenho que terminar aqui.

— Só cinco minutos, nem sequer um a mais.

Sentou-se no chão e, com a naturalidade com que eu descascaria uma maçã, afastou as pernas a 180 graus, flexionando o tronco primeiro sobre uma e depois sobre a outra. Olhei-a admirado enquanto ela se inclinava mantendo um braço ligeiramente arqueado acima da cabeça, até tocar os dedos dos pés.

Posição difícil, mas perfeita.

Estiquei-me no piso junto dela. Por um instante fitei-a bem de perto, até que ela caiu na risada, cedendo às minhas tentativas de sedução. Beijei-a nos ombros e no pescoço, sentindo-a estremecer na tentativa de se manter concentrada.

— Você é ótima! Na minha opinião, não precisa treinar mais.

— Ah, claro! Chegou o coreógrafo mundialmente famoso!

— Não entendo muito de balé, mas, modéstia à parte, com as bailarinas me saio bem — e fiquei com vontade de rir, só de pensar em quanto eu devia parecer-lhe ridículo.

Camilla me acariciou a face, abandonou aquela posição inatural e em um instante ficou tão perto de mim que foi impossível resistir à tentação de tocá-la, beijá-la, despi-la, possuí-la.

Fizemos amor como nunca antes. Não sei se era a simples vontade de um homem que tentava conviver com suas fraquezas ou se o fato de vê-la deitada, coberta apenas com um véu de tecido, me transformara num animal pronto para a conquista, mas naquele dia desejei aquela mulher como se ela fosse a última que restava no mundo.

Passava um pouco das 11 quando meu telefone tocou. Fiquei tenso e percebi Camilla com expressão intrigada antes de voar para a cadeira na qual havia deixado o BlackBerry.

— Quem é? — perguntou ela.

O nome de Sandra brilhava no visor, decidido a não se apagar. Minhas pernas cederam ligeiramente e, com a mão livre, me apoiei à mesa. Pensei em Greta, no escritório, na desculpa do dentista e, esperando que Deus não me abandonasse bem naquela hora, apertei a tecla verde, levando imediatamente o celular ao ouvido e acenando a Camilla que não fizesse nenhum ruído.

— Sandra — atendi, no tom mais sério que me saiu.

— Alberto, corra para a escola, Matteo se trancou no banheiro!

— O quê?

— Você tem que ir à escola de Matteo!

— E você, onde está?

— Num táxi, indo para lá. A diretora me ligou porque não consegue fazer Matteo sair do banheiro. Alberto, deve ter acontecido alguma coisa terrível com ele!

— Fique calma! — E, exibindo meu papel de pai, acrescentei: — Estou indo, nos vemos lá.

Vesti-me tentando não esquecer nada, o nó da gravata, o paletó, a carteira e o celular.

Precipitei-me escada abaixo e corri até o carro. Telefonei para Greta.

— Não posso voltar para o escritório. Tenho que ir correndo à escola de Matteo. — Em seguida, minha consciência pesada me fez acrescentar: — Por acaso minha mulher ligou?

— Não. Se ela ligar, o que eu digo?

— Não vai ligar. À tarde estarei aí. Me telefone no celular só em caso de urgência.

Driblei o trânsito. Avancei alguns sinais amarelos e ultrapassei pela direita.

Ao entrar no pátio da escola, dei passagem a um táxi que estava manobrando para sair e imaginei que era o mesmo que havia trazido minha mulher.

A voz de Sandra estava fazendo tremerem as paredes do instituto.

Parei, incapaz de perceber de onde vinha o som. Em seguida olhei para cima, pela caixa da escada, e comecei a subir. Quanto mais eu me aproximava, mais clara era a voz dela; conduziu-me ao terceiro andar, até o final do corredor da direita.

— Abram esta porta, que droga!

— Senhora, acalme-se, já avisamos à segurança e eles vão trazer alguma coisa para arrombar a fechadura.

— Aos diabos com a segurança! — Depois, baixando o tom, ela disse: — Matteo, meu anjo, é a mamãe. Fique tranquilo.

Ao entrar, eu a vi: estava estirada no solo, metendo a mão por baixo da porta, indiferente ao fato de aquele chão ser o de um banheiro público.

Outras cinco pessoas, algumas conhecidas, formavam um semicírculo ao redor dela.

— Amor, é a mamãe. Por favor, olhe para mim! — pediu, esticando a mão por baixo da porta. Então, exausta, sentou-se e, com o olhar afogueado, berrou: — Abram esta porta, chamem a polícia, explodam se for preciso, mas abram IMEDIATAMENTE A DROGA DESTA PORTA E TIREM MEU FILHO DAÍ!

— Sandra!

Ela se voltou para mim e disse, suspirando:

— Alberto, ele está encolhido num canto com os aparelhos acústicos na mão; se não sair logo, eu...

— Querida, procure se acalmar, já vamos encontrar uma solução.

Uma professora se aproximou da porta chamando o nome do meu filho, mas Sandra, como se estivesse possuída, lhe deu um safanão.

— Imbecil dos infernos, meu filho é surdo! Isso está escrito em toda aquela porcaria de papéis que vocês me fizeram assinar para admiti-lo nesta escola idiota! Ele não pode ouvir seus miados; portanto, veja se arranja uma ideia melhor.

A coitadinha se afastou sem dizer nada, quase parando de respirar.

— Sandra, fique calma, por favor!

— Não me acalmo enquanto não abraçar meu filho de novo. — E me puxou para o cubículo vizinho. — Agora tente me levantar, quero pular para o outro lado. Se eles acham que vou ficar esperando o marceneiro, estão enganados.

Petrificado, procurei erguê-la, fazendo-a apoiar um pé nos meus joelhos e esperando que ela não caísse. Consegui levá-la até o alto da divisória, segurando-a pelas pernas. Suspensa entre mim e o vazio, Sandra conseguiu pular e se equilibrar sobre o vaso sanitário.

Eu a ouvi repetir:

— Meu amor, está tudo bem. Vamos sair daqui!

Depois de longos, intermináveis minutos, a porta se abriu, e Sandra, despenteada e com as meias rasgadas, apareceu com Matteo nos braços.

Parou diante de uma professora e perguntou:

— O que aconteceu?

— Um garotinho da quinta série deve ter zombado dele e Matteo se refugiou no banheiro dos professores. Não foi nada sério, mas chamamos os pais.

Sandra a encarou como se a mulher fosse uma lata de lixo e retrucou:

— A senhora nunca mais se aproxime do meu filho ou eu a denuncio! E me mostre esse garotinho simpático; eu gostaria de trocar umas palavrinhas com ele.

— Sandra... — tentei intervir.

— Me deixe em paz — disse ela, saindo para o corredor, onde um homem mais ou menos da minha idade estava conversando com um menino um pouco mais velho do que Matteo. Vi minha mulher se dirigir aos dois como um touro pronto para o ataque, corri atrás e peguei Matteo.

— Se seu filho chegar perto do meu de novo, ou melhor, se apenas olhar para ele, juro que vocês vão se arrepender amargamente. E não gaste suas energias se perguntando se isto é uma ameaça, porque é! Eu tenho um filho surdo, e poucas coisas me amedrontam!

— Não exagere, minha senhora, são só garotos!

— Não, o meu é um menino que ficou apavorado a ponto de se trancar no banheiro; portanto, não quero nem imaginar o que ele deve ter sentido e espero não saber nunca. Mantenha seu filho longe do meu. Não vou avisar uma segunda vez, porque, se o meu tem uma deficiência física, o seu a tem no caráter, e, infelizmente para vocês, não é culpa do destino! — Depois virou as costas a pai e filho, deixando-os à beira de uma combustão espontânea.

Levei-os para fora e os fiz sentar-se no carro.

Com as mãos apoiadas no painel, Sandra respirava sofregamente e ainda tremia de raiva e medo.

— Acha que eu exagerei?

— Não, de jeito nenhum! Eu apenas alertei nosso advogado para ficar de sobreaviso... — e sorri, passando a mão no ombro dela.

Sandra olhou pela janela e caiu na risada:

— Viu a cara da professora?

— Ficou apavorada. Acho que se borrou toda!

Rimos juntos, enquanto a tensão diminuía. Depois Sandra pigarreou e, em tom rouco, disse:

— Alberto, eu seria capaz de qualquer coisa para proteger o que eu amo!

Um longo arrepio me atravessou a espinha.

— Vou levar vocês para casa.

Matteo surgiu entre os dois assentos dianteiros:

— Estou com fome!

Sandra se desmanchou num pranto feito de esperança e orgulho. Apoiou a mão no meu braço e o apertou com força. Eu me voltei para o meu filho e exclamei, acompanhando as palavras com gestos:

— Hambúrguer com batatas fritas?

Ele sorriu.

Sandra sorriu.

Liguei o carro e os tirei dali.

21.

O tempo passava e eu me tornava competente em contar mentiras. O que mais me aterrorizava era que de algum modo eu me sentia cada vez menos sob pressão, compreendendo como era fácil uma pessoa se habituar a qualquer coisa, até à mais temível.

Uma noite, furei um jantar de trabalho. Inclusive envolvi a pobre da Greta no meu plano. Já entrei no escritório com ar distraído e me queixei de uma forte dor de cabeça. Lá pelo meio da manhã, pedi que ela me trouxesse um chá, coisa que jamais havia acontecido. Quando, mais tarde, Greta perguntou se eu queria que ela providenciasse meu almoço, limitei-me a responder: "Não, obrigado. Não tenho a menor fome, estou meio enjoado hoje!"

Ela se retirou, depois de me assegurar que estava havendo um surto de gripe que atacava justamente o estômago.

Pensei que havia sempre uma gripe violenta para nos tirar das enrascadas.

Quando fiquei sozinho, peguei o sanduíche que havia comprado no bar, de manhã, e o consumi velozmente. Joguei o guardanapo e as migalhas no saco de papel que o continha e meti tudo na pasta. Cerca de uma hora mais tarde, chamei Greta para dizer que realmente não estava bem e que, se aquela gripe tivesse me pegado, não seria o caso de contaminar o escritório inteiro. Pedi-lhe delicadamente que cancelasse o jantar e me mandei, recomendando: "Por favor, se houver algum problema, me ligue no celular, meu telefone de casa está com defeito e o técnico ainda não apareceu."

Ela sorriu para mim e me levou até o elevador, com um melífluo: "Cuide-se bem, doutor! Melhoras!"

Fui até o carro. Tirei-o da minha vaga exclusiva e o estacionei numa ruazinha lateral.

Depois fui para a casa de Camilla.

Mas, desta vez, não foi como eu imaginava. Eu estava agitado e nervoso: me sentia muito mais à vontade arquitetando minhas mentiras do que as vivendo.

No restaurante, Camilla apoiou sua mão na minha, mas retirei-a, assustado. Eu era tão despudorado a ponto de segurar a mão da minha amante num local público?

— Desculpe — disse ela, escondendo a sua sob a mesa.

Parecia derrotada. Termos saído para jantar não fazia sentido, se não podíamos nos conceder nenhum contato.

Eu devia relaxar. Sabia que a ferira e tentei consertar me esticando para pegar seu braço, mas Camilla já estava distante de mim.

Percebi que minha vontade era voltar para a casa dela, onde finalmente me acalmaria, e me perguntei se era só a vontade de me recuperar ou o medo de ser descoberto.

— O que será de nós? — perguntou-me, Camilla, reconduzindo meu pensamento à mesa daquele restaurante onde eu não deveria estar.

Não respondi.

— É difícil demais, Alberto. Quando você vai embora e me deixa ali, é como se levasse um pedaço de mim. Um dia destes, depois de vê-lo sair, tive a sensação de que minha casa era uma armadilha. Então troquei de roupa e fui correr. Cheguei até o mar e me sentei junto ao molhe. Lembra-se do lugar? Às vezes me parece que um século se passou; em outras, é como se tudo tivesse sido ontem. — Passou uma mão pelo pescoço. — Estamos fazendo a coisa errada, Alberto. Eu amo você, mas tenho medo de que não baste. É duro demais para mim, e não falo só das dificuldades de aceitar viver na sombra, mas também do mal que isso me faz. Eu amo você e quero mais para nós.

Eu sabia que iríamos chegar a isso, mas me deixei pegar completamente despreparado.

Curta cada coisa, cada sonho e cada plano, porque amanhã pode ser diferente.

— Alberto, não é hora de se calar! — disse Camilla com uma pontinha de irritação. Tomou fôlego e continuou, em tom diferente. — Por outro lado, o que você poderia dizer? Você tem sua mulher e suas crianças, e eu não posso competir; claro que não valho por três! Quase não existo. Chego de longe e tudo de que preciso cabe dentro de uma mala.

— Não seja injusta!

— Não estou sendo. Sei que é complicado. Mas você já se perguntou o que aconteceria se nos descobrissem?

Senti que me faltava o ar.

Eu era melhor em imaginar como fugir deles do que em como enfrentá-los.

— É impossível que você não tenha pensado nisso!

— Claro que penso. Mas o que você quer que eu faça? Que volte para casa e faça as malas? Que olhe para meus filhos e diga que tudo aquilo em que eles acreditam não existe e que eu decidi assim? Não tenho coragem suficiente, Camilla. Preciso de mais tempo.

— Quanto tempo? Um mês pode mudar as coisas? Ou vamos esperar um ano? Percebe que, para não os magoar, você teria que esperar a vida toda? E tem certeza de que mais adiante eles sofrerão menos?

Minha cabeça estava prestes a explodir. Eu não tinha nenhum plano; só não queria ferir ninguém.

— Você não é assim, Alberto. Eu o conheço. Você não é o traidor cínico e mentiroso, é o rapaz tímido e forte que se dispunha a brigar por minha causa. Se nos descobrissem, o primeiro a sofrer mortalmente seria você. Tenho certeza.

Encarei-a, e ela continuou:

— Eu acreditava haver compreendido tudo. Tinha escolhido a carreira com todas as minhas forças. Nenhum vínculo, nenhuma casa de verdade, e agora? Gostaria de ter uma vida junto com você e achei que voltando para cá, onde tudo se interrompeu, seria fácil. Olhe para mim: não passo de uma bobalhona patética que o trata como o seu homem e não pelo que você realmente é. — Serviu-se um pouco de água no copo e a bebeu toda. — O que será de nós?

— Eu amo você, e é a única coisa que posso lhe dar agora.

— Não me basta. É muito pouco.

Suas palavras bloquearam as minhas.

— Enquanto você pensa nas tardes que passamos abraçados na penumbra, em silêncio, no sexo roubado na hora do almoço, em nossa fuga de amor e em todos os sonhos que alimentamos de brincadeira, deitados lado a lado, eu revejo os domingos em silêncio sem poder ouvir sua voz, todos os jantares nos quais botei a mesa só para mim, nas esperas junto a um telefone que não toca. É por isso que está tudo errado.

Amolado, inoxidável, de lâmina robusta com fio perfeito. Cortante como uma faca.

22.

Dormi supermal, e a dor de cabeça não me abandonou por toda a manhã, tanto que precisei mandar Greta à farmácia para me comprar um analgésico.

Quando surgiu à porta com o remédio e o troco na mão, ela disse com ar alegre:

— Está aí uma certa Camilla que deseja falar com o senhor. Diz que é uma amiga sua.

— Ah, Camilla, mas que surpresa boa! — exclamei, com uma vozinha meio esganiçada e não muito convincente. — Mande-a entrar! — "E não deixe que os colegas a vejam", eu gostaria de acrescentar.

— Desculpe. Pensei em telefonar, mas me pareceu um gesto pouco simpático.

Implorei mentalmente que Camilla não dissesse aquelas palavras que eu odiava. Ela, porém, continuou:

— Vou embora. — Em seguida uma pequena pausa, enquanto a lâmina me penetrava a espinha. — Vou voltar a Paris. Já avisei à escola; eles vão procurar uma substituta e eu encontrarei um trabalho lá. Não será difícil. Tenho muitos contatos e meu nome ainda tem algum peso. Lamento. Eu jamais deveria ter voltado.

— Por favor, não diga isso, meu amor, não diga uma coisa dessas. — Ao me aproximar do corpo dela, eu ainda podia sentir seu calor. — Você é a única mulher que eu já amei! — Falei sem me preocupar com que me ouvissem lá fora.

— Eu também amo você, mas agora devemos fazer a coisa certa.

A coisa certa? Qual seria? E para quem? Para minha mulher, que poderia ser ela mesma e ser amada como merece? Ou para meus filhos, que ensinarei a não lutar por aquilo que querem, ou para mim, que neste momento descubro o que significa se envergonhar dos próprios sentimentos?

Ela se aproximou e me abraçou com força.

— Vou morrer de saudade. — Depois se soltou e desapareceu da sala, deixando-me ali como o único sobrevivente de um desastre aéreo.

Chegou o vazio. Ausência e desconforto. Apoiei-me à escrivaninha, por medo de cair, e comecei a chorar. Era o pranto de um aluno de liceu abandonado sem muitas explicações por alguém que iria atrás de um sonho, era o pranto de um homem de 44 anos que gostaria de fazer parte daquele sonho.

Era eu, imóvel e arrasado, agora como antigamente.

Perder algumas coisas nos faz crescer, nos torna mais fortes. Os maus hábitos, as gorduras supérfluas ou a virgindade: e logo nos sentimos prontos para tudo, regenerados. Mas se perdemos o jogo, os cabelos ou a pessoa a quem amamos, logo nos tornamos irreconhecíveis, débeis e acabados.

— Greta, estou saindo um instantinho, vou resolver umas coisas urgentes — e me precipitei para fora sem esperar a resposta dela. Chamei o elevador, mas ficar ali, apalermado, esperando que as portas se abrissem, me pareceu um desperdício de tempo. Então resolvi descer pela escada, passei disparado diante do porteiro e em seguida pelo portão. Virei à direita e recomecei a correr. *Por favor, fazei com que ela ainda não tenha ido embora. Por favor. Por favor. Por favor.*

Em poucos segundos, estava em frente à casa dela. Apoiei uma mão na porta e a outra no joelho e, dobrado sobre mim mesmo, procurei reunir as forças.

Subi implorando que ela ainda estivesse ali. Não sabia o que poderia dizer, só sabia que ainda precisava falar com ela. Parei no corredor do andar, e um ruído proveniente de dentro me reanimou.

Bati.

— Alberto! — Ela parecia espantada e feliz.

Deixou-me entrar. Da porta, eu via a mala em cima da cama.

— Já arrumou a bagagem?

— Acha que eu estava brincando? Que pretendia apenas provocá-lo? Já não somos dois adolescentes. Agora somos dois adultos e, embora eu não tenha filhos, não posso ignorar sua situação e sequer permanecer aqui, a poucos passos de você. — Ela parecia estar falando com o nariz entupido.

Abracei-a:

— E eu, o que faço sem você?

— O que sabe fazer melhor do que qualquer um. Amar sua família.

Segurou minhas mãos e as beijou, primeiro uma e depois a outra. Em seguida nossas bocas se uniram num beijo lento e voraz. O desejo por ela brotou, impetuoso, e liberando meu instinto beijei-a no pescoço, nos ombros e no seio. Sentia seu odor penetrar minhas narinas.

— Quero você.

E nos amamos no chão, de maneira feroz e canibal.

Tive a esperança de que tudo o que ela me dissera houvesse sido cancelado pelo nosso ato de amor, que ela desfaria a mala e tomaríamos um café, conversando e fantasiando, meio despreocupados e meio sérios, como sempre.

Mas não foi assim. Camilla se levantou e se vestiu sem dizer uma palavra, enquanto eu fiquei largado no piso, esperando conseguir me tornar invisível.

— Tem certeza?

Ela não respondeu.

— Camilla, por favor, fale comigo.

— Para dizer o quê?

— Pelo menos para onde vai; me deixe um contato!

— Vou me hospedar com um colega por algumas semanas enquanto procuro um lugar só meu. Não podemos continuar nos falando, isso só nos magoaria, e é a única coisa de que não precisamos. A vida não é esse sofrimento todo. Não o quero para mim nem para você — disse ela, acariciando meu rosto. — Agora me ajude a descer com a mala. Meu trem para Paris sai esta noite, mas antes devo passar pela escola para encerrar o contrato e pegar minhas coisas.

Devo ter carregado a mala para fora do apartamento, enquanto Camilla pegava seu casaco. Não recordo exatamente quais foram meus gestos naquele momento. Só recordo que, quando saímos à rua, o ar frio nos envolveu.

Camilla botou a cabeça para fora. "Barra limpa!", sussurrou, com uma pontinha de triste ironia, e eu a segui. Depois se virou de chofre e eu a recebi nos meus braços. Seus lábios chegaram a poucos milímetros de mim, junto com aquele perfume que tantas vezes me envolvera como a coisa mais natural do mundo. Abracei a mulher que eu amava e devorei seus lábios carnudos e vermelhos. Eu era como um adolescente despreocupado, e, por um instante, tudo voltou ao seu lugar, todas as discussões e as dúvidas daqueles meses se dissolveram no ar.

— Papai!

Duas sílabas estridentes me transformaram num bloco de pedra.

23.

Eu não havia imaginado aquilo. Era tudo verdade. Alice me vira beijar outra mulher e se refugiara em minha velha casa.

Em poucos segundos, eu tinha destruído o sonho fantástico da vida de Sandra, o vestido branco, o príncipe encantado que a levava para um castelo na colina, e tudo o que minha mulher havia imaginado a cada noite ao se deitar na cama.

Ela acreditara nisso completamente, seguira seus impulsos, convencida como sempre de que o inimigo estaria fora e não entre nós. Não sei se me sentia mais culpado por tê-la traído ou por tê-la feito acreditar, iludida, que eu era outra pessoa. Agora me perguntava de que modo ela se afastaria daquele encantamento, de nós quatro unidos, daquele amanhã tão seguro e da esperança despedaçada. Qualquer coisa que resolvêssemos seria difícil.

Juntos ou separados, a decisão nos custaria muito.

Depois que encontramos Alice, fiquei vendo Sandra e as crianças se afastarem pela calçada. Sentei-me nos últimos degraus da entrada da casa onde crescera e, com a cabeça entre as mãos, tentei organizar os pensamentos, mas a imagem de Camilla me encheu os olhos.

Camilla? Olhei para o relógio.

"Meu trem sai esta noite", ela dissera, e por um segundo tentei me lembrar dos horários.

Levantei-me e voei para fora. Comecei a correr até o cruzamento principal, esperando ver passar um táxi, mas nós não moramos em Paris. Aqui, você tem que ir procurar as coisas, não as encontra pertinho de casa. *Menos as relações extraconjugais.* E sorri com amargura.

— Para a estação, o mais depressa possível — pedi finalmente ao entrar no veículo, com a porta ainda aberta. O taxista me olhou, perguntando-se se eu teria visto filmes demais, e respondeu:

— Vou levar o tempo que for necessário.

Assenti, imaginando que ele jamais compreenderia, que eu poderia até lhe contar todo o meu dia, mas ele o arquivaria junto com os outros mil que havia escutado e que talvez lhe parecessem todos iguais.

Certas coisas só são extraordinárias para quem as conta.

Paguei a corrida e, sem esperar o troco, entrei correndo no saguão da estação.

Disparei escada rolante abaixo, saltando os degraus de dois em dois, e em seguida ao longo dos trilhos.

O trem apitou duas vezes e começou a se mover lentamente. Era tarde demais, até para dizer adeus.

Cruzei o olhar de Camilla atrás de uma janela e, sorrindo, acenei com a mão. Ela levantou os ombros, como se tivesse se rendido, e disse algo que eu jamais compreenderia se, anos antes, não tivesse aprendido a fazer leitura labial.

"Já fechei minha mala. Perdoe-me." E desapareceu.

Encaminhei-me para a saída. Havia enxugado as lágrimas com as mãos e devia estar com péssima aparência. Parei no saguão, perguntando-me de que precisava naquele instante, e compreendi qual era a única coisa que poderia me fazer bem.

Peguei o telefone e liguei para casa.

— Alô. — A voz de Sandra estava apagada e triste.

— Sou eu — falei.

— Eu sei — respondeu, dando-me a entender que para ela eu também era previsível. Tive vontade de sorrir.

— Lamento, Sandra. Não tenho grandes explicações a dar, mas...

— A gente se vê em casa, Alberto.

E a emoção me tirou o fôlego.

Quando entrei, Alice e Matteo ainda não tinham ido dormir. Estavam sentados em torno do tabuleiro de xadrez, na sala, enquanto Sandra arrumava a cozinha.

— O papai chegou! — gritou Alice, como se estivessem me esperando. Depois se virou para mim e disse: — Você pode terminar esta partida com o pequeno gênio? Eu vou ajudar a mamãe.

Olhei o tabuleiro e me dei conta de que, como nós, as peças ainda estavam todas em seus lugares.

Tudo tem um preço. Seja qual for a decisão tomada, convém sempre avaliar quanto se está disposto a pagar. Não é garantido que a melhor coisa para nós seja também a mais acertada. Traímos porque nos inunda de prazer, e em certos dias pensamos que realmente vale a pena, porque a vida é muito curta para renunciar. Em outros, ao contrário, gostaríamos de voltar ao momento anterior à escolha e de ainda estar em tempo de não decepcionar aqueles que amamos.

Quarta Regra:

A melhor defesa é um bom ataque

24.

Não foi fácil. Nem para mim nem para Sandra.

Mesmo assim, minha mulher conseguiu restaurar a ordem normal das coisas. As crianças, os horários delas, a escola, a fonoaudiologia de Matteo e as aulas de tênis de Alice, o jantar pontual e os passeios dominicais com os amigos.

Tratava-me com delicadeza em público e com respeito na vida particular. Não me insultou mais. Tínhamos decidido isso juntos. Naquela noite, depois de encontrarmos Alice, ficáramos conversando a noite toda. Ela estava muito enfurecida, mas a ideia de precisar responder às perguntas das crianças sobre minha ausência e o risco de que isso perturbasse o equilíbrio de Matteo obrigaram-na a ignorar suas próprias razões.

Ser genitor ou genitora aumenta os deveres do adulto, mas ser mãe de um menino deficiente aniquila quase todos os direitos dessa mãe.

Alguns meses depois, porém, quando tudo já parecia distante, aconteceu uma coisa.

Estávamos no quarto e as crianças já dormiam. Sandra, enquanto passava o hidratante nas mãos, disse:

— Não estou aguentando, Alberto!

— Como assim?

— Não consigo deixar de pensar que você não faria o que fez se não estivesse realmente envolvido. Na minha cabeça continua a martelar a ideia de que não foi apenas sexo, de que você amou aquela mulher e, muito provavelmente, ainda ama. Eu o observo quando você está distraído e me pergunto para onde voa seu pensamento, onde você esconde suas lembranças mais bonitas. Pensávamos que a coisa mais difícil da surdez de Matteo seria a decisão de enfrentá-la juntos, e fomos excelentes nisso, mas não bastou, não é?

Eu não tinha nenhuma resposta pronta. Queria ser sincero e dizer que, como sempre, ela estava com a razão, mas me aproximei e respondi:

— Não é assim, Sandra. Eu apenas aproveitei uma situação, fui tentado e não soube resistir, mas... — Engoli em seco e acrescentei: — Aquela mulher nunca significou nada para mim. Me perdoe!

Ela me fitou nos olhos, murmurando:

— É estranho, mas eu até valorizo isso e vou fingir que é verdade. Vou tentar, Alberto.

Naquela noite minha mulher adormeceu com a cabeça apoiada no meu peito, enquanto duas grossas lágrimas me riscavam a face.

"Bom dia, aqui é o DJ Davide. Como estão vocês esta manhã? Um lixo? Ora, vamos, o dia promete sol, e a nossa

música lhes aquecerá o coração. Tenho certeza. Começaremos logo com uma linda composição do U2, 'All I Want is You', e depois, não tem jeito, voltaremos a falar de amor..."

"Estamos de volta, ainda ao som dessa canção, nos perguntando se é possível se apaixonar na idade adulta. Enfim, se você gamou por alguém e não é mais um adolescente, me escreva no 349... e falaremos do assunto, porque aconteceu comigo também, e é verdade que no fim do túnel sempre se avista a luz."

Sorri e dei um imaginário tapinha no ombro daquele desconhecido que havia tanto tempo me fazia companhia. Estava contente por ele. Antes, o DJ Davide só falava de traição, de famílias ampliadas e da vontade de recomeçar a viver após o fim de uma relação importante. Aquela frase tão otimista me fez pensar que agora ele estava apaixonado de novo. De certa forma, eu me sentia próximo dele a ponto de compreender aquela nota alegre que se percebia entre suas palavras. Eu também a tivera.

Durante a quarta série do fundamental, a professora de apoio de Matteo foi transferida de repente. Aquilo que para uma família normal seria um acontecimento sem dúvida triste, mas facilmente arquivável dando a ela uma plantinha de lembrança e algum abraço sincero, para nós se transformava num momento desestabilizante. Todos os progressos intelectuais e emocionais feitos pelo nosso filho corriam o risco de regredir velozmente. A continuidade educativa e as referências pessoais eram determinantes para Matteo e para todos nós, e os resultados daquela mudança não demoraram a se evidenciar.

Um dia, quando Alice estava em *settimana bianca* com a escola, Matteo, como costumava acontecer quando ela estava ausente por alguns dias, caiu no choro.

— Não consigo. É difícil demais para mim, não dá tempo de me explicar, não quero ir mais.

Pronto, tinha chegado. O momento que tanto havíamos temido e que talvez acreditássemos ter superado estava ali à nossa frente.

Era difícil. Queríamos dar o sol a você, e não apenas isso. Mil oportunidades e uma vida feita de dificuldades normais, como a dos outros, mas nos perdemos, eu e sua mãe nos atrapalhamos e desperdiçamos tudo, e, enquanto ela exibe no rosto aquela expressão de vítima de uma injustiça, a mesma que eu também devo ter, você está completamente perdido porque sua irmã viajou, a única que havia previsto essa situação, a única que saberia o que fazer.

Variáveis, soluções, hipóteses e possibilidades, é nisso que estamos *concentrados, e eu lhe juro que pensamos em todas, mas você é emoção, contato e muito silêncio. Perdoe-nos por não termos percebido mais cedo que você tem apenas medo, perdoe-nos por termos permanecido concentrados naquilo que falta.*

Aproximei-me do meu filho e tentei explicar a ele, procurando as palavras certas, respeitando seus tempos, seguindo o movimento de seus olhos e me ajudando com as mãos, e enquanto buscava desesperadamente reconduzi-lo a mim me perguntei qual dos dois teria de fato algo a aprender. Ele, que havia saído de uma redoma de vidro, ou eu, que havia entrado nela?

Matteo não queria se acalmar. Agitava os braços na tentativa de expressar todos aqueles pensamentos sem som, e sua força se chocava contra o meu peito.

Não entende que não estou entendendo? Você não é como os outros?

Realmente é só isso que representa a imensa vontade de abraçá-lo, de apertá-lo com força mais uma vez, apenas para evitar que você se machuque? Você se agita contra mim, tem vontade de gritar seu silêncio, de nos apavorar, de nos ferir, enquanto meus pensamentos se enfiam um dentro do outro e se confundem uns com os outros, velozes como raios. Você é pequeno e ouve mal, é adulto e o mal é o mesmo. As viagens, os sonhos, um trabalho, um amor: para você nada será fácil, mas eu sou seu pai e é você que se debate contra mim como uma lagartixa ferida, e eu só sei uma coisa, que não vou desistir.

Depois veio uma calma que parecia rendição, e você ficou ali entre meus braços, com a cabeça aninhada sob meu queixo. Procurei seu rosto riscado de lágrimas e finalmente reencontrei você, vermelho e exausto. Como eu.

Nós o enchemos de regras, horários e coisas a fazer. Sua mãe fez isso e eu também. Agora você está me pedindo que pare com isso, que escute seu silêncio e aceite você tal como é. Percebo que o admiro e ao mesmo tempo o invejo, e enquanto alguma coisa me arranha o coração me pergunto o que posso pretender lhe ensinar, logo eu, que não consigo parar de me esconder por trás dos meus erros.

Ausência de força física e escassa funcionalidade dos órgãos são classificadas como debilidades. Os pontos débeis são algo menos diagnosticável. Têm a ver com o aturdimento do seu filho, as palavras dele que fogem, o medo, o medo verdadeiro, de não estar à altura.

Naquela noite, quando Matteo finalmente se acalmou, Sandra teve uma ideia. Ao sair da cozinha, depois de terminar a arrumação, disse:

— Alguém pode me ensinar a jogar xadrez?

Matteo a encarou, interrogativo, e então ela repetiu a frase fitando-o nos olhos e modificando-a um pouco:

— Topa ensinar à mamãe o jogo de xadrez?

Matteo se iluminou e correu ao seu quarto para buscar o tabuleiro. A partir daquele momento, todas as noites explicava movimentos e estratégias à mãe através do "som" de suas mãos, como Alice fizera com ele.

A ausência de Camilla se tornava mais sólida a cada dia. De pensamento constante em minha mente a uma pequena, mas perene fisgada de dor, como se uma costela me tivesse crescido. Já não era um problema da cabeça, mas do corpo, como uma cicatriz, uma farpa ou uma bala que você não pode extrair. Aprendi a conviver com isso sabendo que alguém iria perceber, mas, por educação, jamais se atreveria a fazer perguntas.

Eu não conseguia passar diante do portão da casa dela, assim como durante anos não conseguira ir à praia depois de tê-la perdido da primeira vez. Não conseguia e pronto. Era como se aquele breve trecho de rua tivesse ido pelos ares e em seu lugar tivesse se formado uma enorme cratera. Uma catástrofe havia atingido a cidade, e os sobreviventes circulavam perplexos pelas vias profanadas. E eu era um deles.

De vez em quando me trancava no escritório e começava a escrever o nome dela numa página do Word, ao menos dez vezes seguidas. Então selecionava, copiava e colava ao infinito. Um dia, cheguei a preencher centenas de páginas.

Depois de alguns minutos, deletava tudo para não deixar rastros.

Um dia Alice me pediu que a acompanhasse ao Salão do Estudante. Um daqueles dias em que podemos encontrar orientadores e professores de diversas faculdades para compreender melhor a opção que estamos fazendo. Eu achava cedo para enfrentar aquela escolha, Alice ainda podia pensar sobre isso por mais um ano, mas sua insistência me lisonjeou.

— Pai, você vai comigo? — perguntou-me no início da tarde.

Olhei para Sandra, pensando que ela iria interferir, que preferiria ser ela mesma a acompanhar a filha, mas isso não aconteceu. Notei o quanto minha mulher estava bonita e luminosa naquele dia. Vestia uma saia curta, como aquelas que usava quando a conheci. Suas pernas ainda eram perfeitas, mas, desde quando se tornara mãe, era como se tivesse decidido cobri-las por pudor. Agora estava ali, parecendo distraída, tendo passado batom e perfume. Desde quando eu não a olhava mais?

Ela não dizia nada.

— E então? — insistiu Alice, no tom de quem, é claro, vai crucificar você se receber um não.

Senti um ligeiro embaraço. Não estava habituado a ficar muito tempo sozinho com ela, que já era bem grandinha. Lembrei-me da vez em que a acompanhara para assistir a um filme de Harry Potter, anos antes, quando Matteo estava com febre e Sandra nos obrigara a sair. Do contrário, também adoeceríamos.

Tinha sido uma noite divertida. Havíamos comprado pipoca e Coca-Cola tamanho família. Alice segurou minha mão o tempo todo.

"Eu também gostaria de embarcar numa plataforma 9 ¾ para ir a um lugar mágico! Genial!", havia murmurado, toda empolgada.

Ao sairmos do cinema, me pediu que comprasse uma espécie de "varinha mágica" para dar a Matteo, e, logo que entramos em casa, foi colocá-la junto à cama dele.

"Assim, quando acordar, ele vê logo!"

Recobrei-me daquela lembrança pensando que passar um pouco de tempo com minha filha me faria bem. Alice se tornara uma mulher, e a vida não havia sido mansa nem sequer com ela.

— Tudo bem, Ali! Vai ser divertido acharem que sou seu namorado! — Senti-me leve de repente: depois de Camilla, eu não fazia muitas piadinhas.

— Não se iluda! Já será alguma coisa se não acharem que sou sua cuidadora!

Virei-me instintivamente para Sandra e caímos na risada. Minha mulher estava de fato belíssima. Perguntei-me se, vestida daquele jeito, ela esperava um elogio ou até um convite, mas não pareceu perturbada ao nos ver sair. Prometi a mim mesmo prestar-lhe mais atenção.

— Viu a atitude dela? — perguntou-me Alice, sentada ao meu lado no carro. Eu gostaria de responder: "De quem?", fingindo não entender, mas não tive coragem de mentir.

— Não — limitei-me a responder, embora um mar de lembranças estivesse prestes a me derrubar como um tsunami.

— Foi corajosa, não?

Olhei para minha filha e me perguntei o quanto devia ter lhe custado formular aquela pergunta. Sua mãe, seu irmão e minha traição tinham encontrado uma explicação na cabeça daquela mulherzinha? Seria possível que também desta vez eu tivesse algo a aprender com ela?

— Foi um grande erro, meu anjo. Um dia você vai entender.

— Ter se apaixonado foi um erro? Só isso?

— Alice... se fosse tão simples assim de explicar... Ter traído sua mãe e vocês é uma coisa pela qual eu nunca me perdoarei. Mas não posso voltar atrás.

— E, se voltasse, seria realmente diferente?

— Não sei, Ali...

— Você abriu mão dela por nossa causa. Eu o vi, papai, e foi a coisa mais estranha da minha vida. Durante estes meses, pensei muito nisso. Você beijando uma desconhecida. Até o odiei, sabe? Mas agora é diferente.

— Por quê?

— Porque eu também me apaixonei.

Minha menina! Não, o tempo tinha voado, Alice era uma mulher e existia alguém que fazia seu coração bater tão forte a ponto de ela perdoar o pai. A vontade de abraçá-la foi tão intensa que encostei o carro e fiz isso.

E ali estava minha mocinha me contando num rio de palavras sobre um colega de escola que ela não conseguia nem olhar, que a deixava balbuciante e que era tão perfeito que parecia um extraterrestre. Se os dois partilhassem a mesma carteira escolar, a história me pareceria já vista. Liguei de novo o motor e chegamos à universidade mergulhando entre ternas histórias de olhares e sorrisos de longe e a terrível vontade de beijá-lo que a emocionava a ponto de fazer seus olhos brilharem.

— Ali, tem uma coisa que eu queria lhe perguntar há muito tempo... — Pigarreei para limpar a garganta porque não era fácil, mas minha filha me interrompeu sem me dar tempo de criar coragem para formular minha pergunta.

— Não, papai, Matteo nunca percebeu nada!

Segurei e apertei a mão dela.

— O que acha de irmos mais tarde ao Salão, e agora eu levo você a um lugar especial?

— Aonde?

— Ver o mar!

— OK, até porque eu já sei o que quero fazer quando for adulta!

Talvez um dia, quem sabe, graças a Alice, eu conseguiria passear até em frente ao portão de Camilla.

Às vezes o tratamento para nossa dor está mais próximo do que nós supomos.

Quando voltamos para casa, não havia rastro de Sandra.

Um dia — creio que foi o mais importante para nossa família —, Alice e Matteo entraram na cozinha, onde haviam nos pedido que estivéssemos pontualmente às 11 horas de uma preguiçosa manhã de domingo.

Sandra e eu estávamos sentados em torno da mesa. Eu acabava de encher duas xicarazinhas de café quando as crianças apareceram com um estranho sorriso nos lábios. Naquele dia notei que Matteo já estava da altura de Alice e imaginei que ele a ultrapassaria em pouquíssimo tempo.

— Temos uma coisa importante para contar a vocês — disse Matteo, com voz rouca e embargada, enquanto Alice fazia mímica das palavras dele colocando sobre a mesa um papel timbrado da Federação Enxadrista Italiana.

— Senhoras e senhores, tenho a honra de lhes apresentar um dos participantes do próximo campeonato italiano juvenil de xadrez! Estão todos convidados a acompanhar a performance dele na primeira fila, naturalmente em rigoroso silêncio — prosseguiu Alice, afastando-se de Matteo para dar-lhe o espaço necessário a uma solene reverência.

Eu e Sandra nos encaramos, boquiabertos e com os olhos marejados, como se nos tivessem dito que havíamos ganhado na loteria. Não recordo os detalhes daquele momento porque a felicidade estava se apoderando de mim, mas nunca esquecerei o olhar da minha mulher naquele instante. Era a nossa resposta, aquela que esperávamos desde sempre.

Sandra se levantou, encaminhou-se para nossos filhos e, apertando-os em um só abraço, compreendeu que nosso maior sucesso estava todo ali naquele aposento. Em seguida virou-se e, com um gesto, me pediu que fosse ao encontro deles.

Naquele dia abrimos uma garrafa de champanhe. Terminado o almoço, Sandra aproximou sua cadeira da de Matteo e, escondendo o nariz entre os cabelos dele, sussurrou alguma coisa que ninguém saberá jamais.

À tarde, Alice levou Matteo ao cinema, e eu ajudei Sandra a arrumar a cozinha. Estava tão bem-humorado pelo que acabara de acontecer que falei sem parar por não sei quanto tempo.

— Já pensou? Eles iam à casa da minha mãe para jogar xadrez. E nós sempre preocupados... Hoje nos deram realmente uma bela lição. São duas crianças fantásticas. A vida nos deu tanto, que...

Voltei-me para Sandra a fim de conferir se ela ainda estava na cozinha. Sua expressão era a de quem acabou de ver um fantasma.

— Sandra, o que houve?

Nenhuma resposta.

— Bom, agora chega, senão vamos parecer aquelas famílias que choram até na formatura dos filhos. Qual o motivo de chorar, quando não se tem mais que pagar as mensalidades universitárias? — acrescentei, na esperança de arrancar-lhe um sorriso.

Nada. Sandra me encarava, petrificada, e, enquanto as lágrimas lhe cobriam o rosto, soluçou:

— Estou apaixonada, Alberto.

O prato que eu segurava me escorregou das mãos e se espatifou aos nossos pés.

Seguramente eu havia entendido mal. Talvez o coração de Sandra estivesse tão inflado pela emoção que aquela frase tão romântica se referia aos nossos filhos e ao quanto eles eram especiais.

— Também sou louco por eles, Sandra — respondi, esperando que explodisse um incêndio, que o gás da cozinha vazasse, que uma sirene nos ordenasse evacuar o imóvel e o pavor me fizesse cancelar aquele momento.

— Estou apaixonada por outro homem, Alberto, e há meses venho me encontrando com ele. Eu me odeio por isso, mas não posso evitar.

E quem podia compreendê-la melhor do que eu? Mas então por que me parecia que o mundo desabava em cima de mim?

Balancei a cabeça.

— Está brincando? É um modo de me fazer pagar? Então, em todo esse tempo, você apenas fingiu que me perdoava por tê-la traído e, em vez disso, estava tramando uma vingança!

— Não, eu amo realmente esse homem!

— Desde quando? E quem é? — perguntei, como se os papéis tivessem se invertido.

Em um segundo pensei no seu perfume, no batom e nas minissaias e me senti um cretino por acreditar que fossem para mim.

— Chama-se Davide. Tem um filho surdo. Eu o conheci alguns anos atrás nas sessões de musicoterapia de Matteo. Não fizemos de propósito; simplesmente aconteceu. Enquanto esperávamos, de vez em quando íamos tomar um café. Ele se separou da mulher no mesmo período em que nós... em que você teve aquela relação. Tínhamos os mesmos problemas e os mesmos medos. Seu filho tem uma hipoacusia bilateral grave, e foi ele quem me aconselhou a não expulsar você de casa, a lhe dar outra chance.

— Ah, fantástico! Temos um bom samaritano. Eles exercem um notável fascínio sobre as mulheres traídas.

Ignorando meu sarcasmo idiota, Sandra continuou:

— É uma boa pessoa. Trabalha como jornalista de rádio e, pela primeira vez, consegui falar de Matteo sem precisar fazer premissas nem dar explicações. Ele era como eu, como nós!

— Claro, tão parecido comigo que você até transou com ele! Bom, espero que pelo menos a comparação não tenha me desmoralizado!

A mão quente de Sandra estalou na minha cara, naquele que era o primeiro gesto violento entre nós.

Talvez eu não tivesse o direito de ser tão cruel. Talvez devesse compreendê-la mais do que qualquer outro, mas ali na cozinha, entre os cacos de louça no chão e a face vermelha, compreendi que o que me doía não era minha pele.

Sandra saiu do aposento e eu me inclinei para recolher os pedaços do prato

As palavras de Sandra martelavam na minha cabeça. *É um jornalista de rádio, tem um filho surdo...*

E mais: chama-se Davide.

Ah, meu Deus, não! O DJ Davide!

E foi como se eu tivesse sido traído por um amigo meu também.

Somos todos pecadores, diz o livro mais vendido no mundo. Mas nem todos estamos dispostos a admitir nossos pecados, porque gostamos de parecer melhores, de silenciar nossa consciência ao preço de conviver com nossos remorsos. Prometemos nos corrigir, imploramos o perdão ou nos punimos por conta própria. Raramente confessamos.

Joguei fora os cacos e, como se estivesse desprovido de forças, me sentei no chão, apoiando as costas à porta da geladeira.

Matteo, quando pequeno, fazia isso com frequência. Enquanto esperava que sua mãe lhe preparasse o jantar, sentava-se aqui. Agora eu compreendia o porquê: ele se deixava embalar pelo zumbido do motor. Perguntei-me por qual motivo eu não tinha vontade de levantar a voz para Sandra, de lhe gritar aquilo que anos antes ela me cuspira na cara. Estaria resignado, como se tudo estivesse acabado havia tempo? Então, por que tinha ficado? Se agora não conseguia sentir raiva à ideia de que minha mulher se deitasse com outro, de que ela fosse feliz junto a um desconhecido, que sentido tinha minha ideia de família? Realmente, podia tudo terminar assim?

Pensei em Alice e Matteo. Seriam eles a nossa cola, porque ter um filho com deficiência auditiva muda nosso papel, nossas responsabilidades? Você se torna mais genitor se o destino tiver lhe pregado uma feia peça? Talvez sim, e isso eu tinha aceitado. Agora, precisava que Sandra também entendesse.

Respirei fundo, levantei-me e fui atrás dela.

Estava sentada na cama, imóvel como uma estátua.

— Precisamos conversar.

— Sobre o quê? Vai querer detalhes? Não fiz nada que você não conheça perfeitamente.

Seus olhos eram os de uma mulher apaixonada: pouco importava se ela era a mesma que, vinte anos antes, se casara comigo e que naquele dia havia sido a mais convicta de todas as mulheres do mundo. O vírus tinha atacado de novo, no meio de sua vida, quando ela menos esperava. Tinha contagiado justamente Sandra, que parecia invulnerável. Não era por culpa minha: não era vingança, era amor.

— Eu sei, e sei também o quanto é complicado e injusto, e o quanto a pessoa gostaria que nada tivesse acontecido. Depois volta para casa e ali está a família para lhe recordar de quem ela é. Posso prosseguir durante horas, se você quiser, mas o que pretendo não é torturá-la. Você deve me ajudar a compreender e me explicar o que pretende fazer, porque não teria me contado se quisesse que tudo permanecesse assim. Ou estou errado?

— Eu não aguentava mais manter segredo. Até me pergunto como você conseguiu. Voltar para casa e fingir que não havia nada. Aproximar-se do outro, esperando que ele esteja distraído e não perceba qualquer pequena mudança. Eu odiei você, mas agora o compreendo.

— Ninguém pode saber melhor do que eu o que você sente, mas não somos dois indivíduos e pronto, há também as crianças.

— As crianças? Mas se eu não penso em outra coisa! E, também, por que deveria ser diferente para mim? Uma mulher que trai se perdoa menos facilmente? Então devo me considerar sortuda por você ter sido o primeiro a fazer isso, ao menos tenho um atenuante! — retrucou ela, nervosa, e em tom de desafio.

— Não estou falando da gravidade da situação. Trair é errado, mas não cabe a mim julgar você. Não sei qual de nós dois agiu pior, talvez eu, mas, se você me perguntar quem tem o papel mais importante e maiores responsabilidades nesta família, sem dúvida é você. Eu sou um dos componentes, mas você é o eixo em torno do qual giramos. Eu poderia até ir embora. Você, não.

Sandra levantou a cabeça e me olhou como se não entendesse exatamente o que eu dizia.

— Estou lhe pedindo que resista, Sandra. Espere que Matteo cresça um pouco mais. Será tudo mais fácil! Se seu relacionamento também tiver resistido, saio de casa, mas até lá você poderá fazer o que quiser. Eu deveria lhe pedir que seja discreta, mas não é o caso. Até nesse tipo de coisa você é melhor do que eu — continuei, sorrindo para ela.

— Está me pedindo o quê? Logo você? Preciso lhe lembrar o que aprontou com sua amiguinha? Me explique. Naquela época Matteo precisava menos de que seus pais estivessem unidos? Sofreria menos? Por quê? Ele era mais novo e não podia compreender, ou a diferença é só o fato de que naquele momento você achou que assim estava bom e não deu a mínima para os direitos dos seus filhos?

As palavras de Sandra me feriram como punhais. Agora, toda a raiva que ela havia escondido estava pronta para me inundar.

Sandra tinha razão. Porém, por mais horrível que tivesse sido o que eu fizera, agora sua escolha seria desastrosa.

— Ninguém pode compreendê-la melhor do que eu. Não a estou condenando, mas o que aconteceu naquele dia, o olhar de Alice ao fugir, o medo que senti naquela noite são coisas que nunca me abandonam. Não se passa um dia em que eu não pense em quais poderiam ter sido as consequências das minhas ações. Se ainda estamos aqui, devo sobretudo a você. Não quero que você tenha de viver a mesma situação, porque isso a destruiria. Tenho certeza.

Sandra descerrou os lábios como se quisesse dizer alguma coisa, mas se limitou a soltar um longo e desalentado suspiro e se deixou cair sobre a cama. Fechei as persianas para que o escuro a tranquilizasse um pouco e voltei para a cozinha.

Pouco depois, ela veio ao meu encontro, recomeçou a limpar as coisas e me perguntou:

— Diga a verdade, Alberto: você teria feito isso por nós? Teria esperado?

— Sim. — E era verdade.

— Topa ir tomar um sorvete?

O espanto surgiu em sua face, e isso me agradou.

— Vou falar com as crianças, podem querer ir também.

— Deixe-as aí. Eu e você temos um monte de coisas para dizer um ao outro, não?

— Vou buscar minha bolsa.

Sentado à mesa de um bar na avenida litorânea, enxerguei um lado da minha mulher que eu tinha soterrado havia anos. Sandra já não era somente a mãe superprotetora de Matteo e Alice, mas uma quarentona espirituosa e fascinante, e de certo modo eu me sentia orgulhoso dela.

— Ele tem um programa de rádio, todas as manhãs.

— Ela é uma ex-estrela da Ópera de Paris e hoje em dia ensina dança.

— Tem tantas ideias na cabeça que é difícil acompanhá-lo.

— É tão desprovida de raízes que acompanhá-la não foi simples.

— Na primeira vez em que conversamos, tive a impressão de conhecê-lo desde sempre.

— Nós crescemos juntos.

— Ele viveu o mesmo inferno que nós vivemos.

— O pai a espancava, e por isso ela foi embora.

— Você acha que nos enganamos? Talvez não fôssemos feitos um para o outro.

— Ninguém se casa achando que se enganou, e nós não somos diferentes dos outros.

— Alberto.

— Sandra.

— Obrigada.

— Obrigado a você também.

Quinta Regra:

É importante prever um ou mais movimentos além daquele do adversário

25.

Alguns dias depois, fiz o que qualquer um faria: busquei Camilla. A internet é ou não é a maior invenção dos últimos cinquenta anos?

E em poucos segundos encontrei uma matéria de uma revista francesa *online* na qual se informava que a conhecida bailarina Camilla Sensini iria ensinar no prestigioso Conservatoire National Supérieur de Danse de Paris. Mais uma vez, ler seu nome me deu um sobressalto. A matéria era bastante recente e seguramente eu podia pensar que ela ainda trabalhava lá. Baixei os horários das aulas e comprei uma passagem de trem para Paris. Depois fui além, e o mágico Google me mostrou o rosto do DJ Davide.

Olhei-o tanto em seu site pessoal quanto no da rádio, porque, neste, sabia que iria encontrar fotos mais recentes. Ele era moreno, cabelos um tanto longos e um sorriso de bom rapaz. Um sujeito bonito, mas eu não sabia se isso me deixava contente ou não.

No dia seguinte, a primeira coisa que fiz ao entrar no carro foi deixar o rádio desligado. Precisava de mais alguns dias para me habituar à ideia de ter nos ouvidos, todas as manhãs, a voz quente e sensual do amante da minha mulher. Mais alguns dias.

Ao chegar ao escritório, comuniquei minha intenção de tirar uns dias de folga a partir da quinta-feira seguinte. Sim, quinta-feira.

Aqueles dias transcorreram normalmente. Matteo havia superado boa parte das dificuldades do início do ano; já aprendera a se comunicar com a nova professora. E tinha amigos, colegas de escola que o ajudavam a fazer anotações e a compreender algumas passagens.

Na quarta-feira à noite, tomei o trem. Primeira classe, vagão-leito rumo a Paris. Sentia-me empolgado e ansioso. Sandra sabia, e eu já não era um traidor clandestino: nesse aspecto me sentia sereno, mas a ideia de rever Camilla estava sempre ali, sobrepondo-se a qualquer outra sensação. Enquanto a viagem me embalava, perguntei-me se não era tarde demais, se o amor não tinha uma data de vencimento como os biscoitos, como o casamento.

Na Gare de Lyon peguei um táxi e desci diante do hotel. Tomei imediatamente um banho para eliminar do corpo o odor metálico do trem e dormi mais um pouco. Quando desci ao hall, pedi à recepcionista que me reservasse mesa para jantar no melhor restaurante de Paris. Recomendei que ela escolhesse aquele onde gostaria de ir comemorar a coisa mais bonita do mundo, junto com a pessoa a quem mais amava.

— *Le Temps des Cerises* — respondeu.

Almocei uma *salade de chèvre* e às 3 em ponto já estava em frente à academia onde Camilla dava aula.

De longe eu a vi chegar, impossível não a reconhecer. O modo como pousava os pés, como seus cachos dançavam no ar. Eu a reconheceria entre milhares. Quanto mais se aproximava, mais a emoção se apoderava de mim. Quase parei de respirar ali mesmo, no momento em que seus olhos cruzaram os meus e seu corpo hesitou, incrédulo. Sorriu e começou a correr como só ela sabia fazer, leve e esvoaçante, em minha direção. Com seus braços em torno do meu pescoço, seus cabelos me roçando os lábios, e sentindo seu perfume, precisei me segurar para não cair.

De novo, hoje como outrora.

Camilla e eu.

Eu e Camilla.

Abracei-a com tanta força que a levantei do chão.

— Ei, eu já estava perdendo as esperanças! — exclamou ela. — Você conseguiu resistir muito tempo!

Seu sorriso me preencheu as veias, os ossos, os órgãos ocos, e implorei a Deus que ela nunca se afastasse de mim.

Camilla pediu que a liberassem naquela tarde e saímos passeando como dois namoradinhos. De mãos dadas, como se não tivesse se passado nem um dia desde quando nos havíamos separado. Não me fez nenhuma indagação. Não me perguntou nada. Se eu estava livre ou se ainda era clandestino, era algo que não parecia lhe importar.

Entramos num barco e ficamos abraçados sem dizer uma palavra. Camilla não quis saber nem mesmo por quanto tempo eu ficaria.

Pensei no que Sandra me dissera, que nada daquilo teria acontecido se ela não tivesse sentido um terrível desejo de ser amada. Para Camilla, as coisas seriam diferentes?

Quando entramos no pequeno restaurante, perguntei se ela já estivera ali. Ela, porém, balançou negativamente a cabeça, como se comer não fosse uma coisa importante. Depois se iluminou como uma menina quando viu que nas toalhas brancas estavam desenhadas pequenas cerejas, que pratos e copos eram vermelhos e a iluminação de todo o local se devia somente às velas, que tornavam distantes até as mesas vizinhas. Éramos os primeiros, e a atmosfera estava tão perfeita que eu sorri à ideia de ser suficientemente hábil para me explicar numa língua estrangeira.

— Minha mulher se apaixonou por outro.

— Lamento.

— É mesmo?

— Lamento que alguém tenha sucesso em algo em que eu falhei! Estou brincando. Lamento de verdade. É por isso que você está aqui?

— Também. Nunca parei de pensar em você e de me sentir culpado. Agora, parece que a vida me absolveu.

Passamos a noite nos amando e adormecemos abraçados. Na manhã seguinte, pedi o desjejum no quarto. Tomamos café na cama, devorando croissants. A luz se filtrava pela janela e a ideia de ir embora me doeu entre as costelas.

— No mês que vem irei acompanhar algumas alunas a Marselha para um estágio de dança. Poderemos nos ver lá!

Assim, sem que eu desse uma só explicação, Camilla havia compreendido tudo.

— E isso lhe basta? — perguntei.

— Não, Alberto, mas esperá-lo ou me perguntar se um dia você vai me escolher, alonga minha agonia. Vê-lo como um amante ocasional, aqui e ali pelo mundo, torna tudo menos difícil, embora, a partir de amanhã, eu vá começar a fazer a contagem regressiva. Afinal, continuo sendo uma mulher, só sei esperar da boca para fora.

Iniciou-se então um novo modo de viver nossa relação que eu não tinha considerado. Depois de Marselha nos encontramos em Sestriere para um fim de semana na montanha. Conseguíamos passar a noitinha e a madrugada juntos nos encerrando no primeiro hotel próximo à estação.

O que acontece quando seu coração se detém, embora você continue a crescer? É a síndrome de Peter Pan: os sentimentos ficam bloqueados na infância e tornam você incapaz de

*assumir responsabilidades. Os estudiosos concordaram em
que isso pode acontecer tanto aos homens quanto às mulheres.*

Era como um jogo. Eu descia do trem e me dirigia ao hotel
esperando que a chave do quarto não estivesse na recepção, que Camilla já tivesse chegado. Ficávamos afastados
por dias e dias, e depois muito próximos durante poucas
horas. Era estranho, difícil e sem regras.

— O que estamos fazendo, Camilla? — perguntei certa
noite, depois de nos encontrarmos num hotel de Nice.

— Vivendo nossa vida.

— Que vida, Camilla?

Eu não entendia se ela falava sério ou se estava brincando.
Não sabia nada a seu respeito nem de sua vida privada.
Dava como certo que ela era só minha, precisava acreditar que era assim. Não tinha escolha, a ideia de perdê-la
pela terceira vez me matava, e queria ouvi-la dizer que
só eu existia.

Mas e se ela não fizesse isso? Se, só de brincadeira, me
dissesse que eu não era o único, o que seria de mim? Em
que eu acreditaria?

Assim, quando a insegurança ficava maior do que eu,
abraçava-a com força, como se fosse um encontro ocasional.

Um dia, explodi.

— Será possível que você não diga nada? Acha que
deste jeito está tudo bem? Eu fico à beira da loucura e
você se comporta como se já não se importasse muito,

como se não tivesse nada a ver com isso. Mas eu amo você, Camilla, e não estou brincando!

Ela se voltou com os olhos enfurecidos, e me dei conta de que nunca os vira assim.

— O que você quer ouvir, Alberto? Que eu queria viver em sua companhia, passar suas camisas, preparar seu jantar, passear na rua com você, ir buscá-lo no escritório, mandá-lo comprar o leite, conhecer seus filhos, organizar as férias e ser chamada de "meu amor" em público? Chega, ou devo continuar? Porque eu gostaria de escovar os dentes com você todas as manhãs, ou de lhe passar a toalha quando você sai do chuveiro, de saber sua opinião sobre minhas roupas ou meu penteado, de irmos juntos ao teatro ou a um concerto, de saber quando você está cansado ou preocupado e até de me entediar! O verdadeiro problema é que eu não saberia por onde começar.

O silêncio caiu entre nós enquanto eu a olhava com um nó na garganta e ela sacudia a cabeça, mordendo os lábios.

— O que você quer que eu diga? Eu tenho o que mereci. Fugi de tudo. Não tenho uma família, não tenho filhos para criar, e os domingos são tão longos que às vezes acho que vou enlouquecer. É verdade, bastaria um nada para me levar embora, mas ainda estou aqui, a garota que sonhava em dançar e fugia das mãos do pai se tornou a mulher que recebeu aplausos e elogios e viu todas as luzes se apagarem, uma a uma, menos a sua, Alberto. De certo modo você permaneceu, mesmo quando estava a quilômetros de distância. Foi por isso que voltei, porque não sabia para onde ir. Esta é a minha vida e esta sou eu.

— Eu sou apenas uma desculpa para você não fechar sua mala mais uma vez, não é verdade?

O amor tem muitos defeitos, mas não admite distrações porque não consegue perdoá-las. Não é verdade que você não sabe onde se encontra quem você ama, que não importa o que essa pessoa diga ou faça porque para você dá no mesmo, e não é verdade que basta uma pequena evasão para fazer você acreditar que está tudo em ordem. O amor é uma respiração que sufoca você, um nome que você não consegue parar de repetir, a chuva sob o sol, um silêncio que você não pode calar, uma corrida pela vitória, uma coisa que você não reconhecerá mais, uma página arrancada ou simplesmente algo que lhe traz tormento. Mas, ainda que nossa paixão queime e nossa razão se tenha perdido num lugar escuro, o amor é sempre uma escolha. Às vezes, a escolha errada.

Sexta Regra:

Às vezes é melhor sacrificar uma peça para não comprometer toda a partida

26.

No verão seguinte, Matteo ficou longe de nós pela primeira vez durante dez dias. A escola onde ele fazia musicoterapia e frequentava todos os cursos de apoio, inclusive os da língua dos sinais, havia organizado uma excursão para ensinar os jovens a sobreviver no campo. Era uma pequena viagem junto com acompanhantes especializados, com um programa muito semelhante àquele que, no meu tempo, eu vivera com os escoteiros. Armar uma barraca, dormir ao ar livre, acender o fogo e pescar no rio. Matteo estava animadíssimo e durante meses não falava de outra coisa, Sandra chorava sempre que o assunto vinha à tona. Ela havia assinado logo a autorização, mas sei que preferiria rasgar aquele papel em mil pedaços e engolir tudo. Tinha medo. O único aspecto positivo era que o filho de Davide participaria do mesmo acampamento estival, e isso dava tranquilidade a todos: a ela, que teria uma pessoa a mais com quem contar se precisasse de ajuda, e a mim, porque eu podia me ausentar por uma semana inteira e ir ver Camilla em Paris sem que Sandra objetasse, pois teria a possibilidade de curtir alguns dias de folga junto com Davide.

— Se quiser ir encontrá-la, vá, mas, por favor, deixe o telefone sempre ligado e perto, e esteja pronto para voltar se acontecer alguma coisa!

— Sossegue, até parece que seu filho vai partir para o serviço militar... não vai acontecer nada de grave, você verá que ele vai se divertir demais. Tenho certeza. Mas tente ficar tranquila, eu não gostaria que aquele pobre homem devolvesse você ao remetente!

— Puxa, como você ficou simpático desde quando passou a viajar pelo mundo!

E começamos a rir, ela sacudiu a cabeça e terminou de arrumar a mala de Matteo.

As coisas nunca são completamente certas nem completamente erradas.

Na noite em que retornei de Paris, aconteceu algo a que eu não estava habituado. Estava sozinho. Abri a porta segurando a mochila numa mão, a chave na outra, e me acolheu o silêncio, palavra da qual jamais gostei. Não havia o costumeiro ruído na cozinha nem a voz descontrolada e gutural de Matteo, muito menos as risadas de Alice falando ao telefone com as amigas. Nada.

A casa estava vazia, e foi como se tivesse chegado a resposta que eu pedia. E depois? Eu ficaria sozinho. Era isso que me esperava. Eu era o elemento a mais, aquele que se afastaria, que seria chamado a vir aqui como convidado.

Subiu-me uma amargura, e tentei me distrair. Peguei uma cerveja na geladeira. Era um dia quente. Sandra talvez tivesse ido à praia com o namorado, Matteo só voltaria no dia seguinte e Alice estava estudando com os amigos para as provas orais da maturidade. Fui até o quarto dela. Parei na porta e olhei para seus troféus, para as fotos de quando ela era pequena, para os jogos de mesa empilhados em cima do armário, para os livros. Uma maré de livros.

Lembrei-me de quando ela nasceu. Um dia quente de junho. Sandra estava na casa dos pais e repetia que a menina iria chegar antes do previsto, porque os médicos tinham se enganado nas contas e ela sentia a aproximação do parto. As contrações começaram na hora do almoço e meu sogro a levou de carro ao hospital, enquanto minha sogra me telefonava para o número que havia anotado na agenda. Eu, como todo bom futuro pai que se respeite, havia ficado engarrafado no trânsito e corria o risco de não estar presente, mas afinal não foi assim porque Ali me esperou. Quando me levaram à sala de parto, depois de me vestirem como se eu fosse embarcar numa espaçonave, ouvi os gritos dilacerados de Sandra, exausta, segurei-lhe a mão e alguns segundos depois escutei o choro de Alice. Meu coração parou por um bom tempo. Com o rosto coberto de lágrimas, olhei para Sandra, me ajoelhei ao seu lado e disse "obrigado", beijando-a, porque realmente o que ela havia feito me parecia muito maior do que eu.

Agora eu estava ali no quarto da minha filha, anos depois, sentindo de novo a mesma emoção. Sentei-me na cama, acariciei o travesseiro e peguei a foto que estava no criado-mudo. Era de Matteo, que engatinhava na sala.

Depois liguei a televisão e o rádio, só para ouvir algum rumor.

Matteo voltou, e parecia outro. Tinha crescido ainda mais, e aquele dia era 12 de julho, seu aniversário. Esperamos Alice chegar e fomos todos jantar fora.

— Reserve para cinco — dissera-me Ali ao telefone, e eu obedeci sem perguntar nada. Foi assim que ela nos apresentou ao namorado.

— Este é Andrea — disse.

— Andrea... é um nome que esteve muito em moda nos anos 1970 — comentei, porque, embora tudo fosse diferente de como eu havia imaginado (eu e minha esposa, dois separados vivendo na mesma casa, a mulher que eu amava a mais de mil quilômetros de distância, e o amante da minha esposa nos meus ouvidos todas as manhãs), bem, a ideia de minha filha ter um namorado me aborrecia bastante, e imaginar que ele a visse nua me aterrorizava.

— Papai — retrucou Alice —, não seja indelicado. Eu falei muito bem de você para ele, não me faça passar por visionária!

— Mas eu fiz apenas uma constatação... de qualquer modo — acrescentei, dirigindo-me ao rapaz —, é um prazer ter você aqui comemorando conosco o aniversário de Matteo.

Andrea, que devia ter menos da metade da minha idade, estendeu a mão e apertou a minha com uma energia que no fundo me agradou.

Durante o jantar, Sandra fez um anúncio:

— Tenho uma boa notícia: um editor para quem trabalhei anos atrás, quando vocês eram pequenos, me procurou de novo. Quer que eu acompanhe alguns projetos que são particularmente importantes para ele. Se eu não estiver muito enferrujada, claro!

— O que vocês acham, meninos? A mamãe lhes parece fora do prazo de validade? — perguntei, levantando o copo.

— A mamãe está perfeita! — responderam os dois em uníssono, como se fossem telecomandados.

O pobre do Andrea estava decididamente por fora, e isso me fez sorrir.

Quando nos encaminhávamos para o carro, Alice e Matteo saltitavam ao redor de Sandra para satisfazer a curiosidade sobre os projetos de que ela nos falara durante o jantar, enquanto Andrea caminhava ao meu lado tentando manter uma conversa.

— Alice é uma garota fantástica.

— Isto mesmo, ótimo. Tente se lembrar disso sempre.

— O senhor é o ídolo dela, não será fácil me aproximar desse modelo!

E ali, entre as palavras de pouco mais que um adolescente, toda a minha arrogância se dissolveu. Realmente Alice me via como exemplo, ou, pior, como modelo a seguir? Pousei a mão no ombro dele e disse que estava feliz com que Alice o tivesse escolhido.

O verão transcorria tranquilo. Matteo e Sandra passaram uns dias no campo com os pais dela, enquanto eu permanecia em casa estudando com Alice, que estava concluindo o exame de maturidade. Quando eles voltaram, fomos todos juntos para a praia, e Alice nos pediu autorização para ir acampar com Andrea no final de agosto. Durante aquele período, o nervosismo de Matteo registrou picos nunca vistos.

Ele estava intratável.

Eu e Sandra passávamos horas nos perguntando por qual motivo nosso filho estava tão irascível. Comunicar-se com ele se tornara difícil, porque ele evitava qualquer contato. Respondia mal, recusava-se a comer o que estava no prato e, quando era contrariado, começava a atirar longe o que lhe estivesse ao alcance da mão.

— Será que já é adolescência, na idade dele? Afinal, Alice passou por essa fase quase na surdina...

— Quando ela a atravessou, talvez estivéssemos tão concentrados em Matteo que não percebemos muitas coisas.

— Acha que ele intuiu alguma coisa a nosso respeito?

— Não sei dizer, mas não creio.

Uma noite, ao telefone, Alice nos perguntou como estava o irmão.

— Vai bem! Por que você pergunta? — repliquei.

— Porque enviei para ele pelo menos umas dez mensagens, mas não recebi nenhuma resposta.

De repente, tudo ficou mais claro. O namorado de Alice e as férias deles dois longe de nós não incomodavam somente a mim.

— Diga àquele mal-educado que me responda! — trovejou minha filha.

— Ele anda esquisito esta semana toda, mas acho que compreendi o porquê. Está com ciúme de você.

— Então, vou voltar logo para casa.

— Não, Ali, não faça isso. Não será fácil, mas eu e sua mãe vamos administrar esse assunto. Você não estará sempre presente. — E, a contragosto, acrescentei: — Pense também na sua vida. Procure se divertir.

Naquela noite fizemos uma tentativa. Eu e Sandra falamos de amor com Matteo.

— A-li nã-o gos-ta ma-is de mim! — Ele falava de modo arrastado e confuso, como se tivesse regredido.

— Claro que gosta. Nenhuma irmã ama o próprio irmão como Alice ama você, isso eu lhe garanto. — Falei escandindo cada sílaba e fitando-o diretamente nos olhos.

— Por que e-la nã-o es-tá a-qui co-mi-go? — perguntou, vermelho e furioso.

— Ela foi só acampar com Andrea, mas lhe quer bem e estará sempre disponível para você, ainda que você esteja ótimo e saiba se arranjar sozinho — disse Sandra, com uma pontinha de melancolia na voz.

— Meu anjo, quando a gente cresce, pode acontecer que não vivam todos sempre juntos. Você também, quando for adulto, terá a sua casa e a sua vida. — Agora, eu tomara de empréstimo a melancolia, e Matteo fitava minhas mãos, com as quais eu tentava me explicar.

— Vo-cês vã-o es-tar sem-pre co-mi-go?

Sandra me deteve antes que eu começasse a formular uma resposta, aproximou-se de Matteo o suficiente para que ele fizesse a leitura labial e disse:

— Seremos sempre uma família. Somos inseparáveis, mesmo se formos morar em casas diferentes. Você sempre poderá contar com seu pai, sua mãe e sua irmã, e nós três com você! Aconteça o que acontecer, nunca estaremos sozinhos.

Também me aproximei e beijei minha mulher na cabeça. Matteo assentiu levemente e pegou o celular para escrever à irmã.

— É um erro, Alberto.

— O que é um erro?

— Nós nos separarmos. Matteo ainda não está pronto, e não creio que seja a coisa certa a fazer.

— Acha que ficando aqui, contando a ele uma realidade que não existe, nós o ajudaremos a se tornar um homem? Se esta noite tivéssemos pedido a Alice que voltasse, ela faria isso. Mas não é ela que deve superar os maiores obstáculos. Não é ela que deve aprender a não depender de nós o tempo todo.

— Foi você que me pediu para esperar.

— Eu sei, mas fiz isso só por saber que você não está pronta. Já passei por esse problema antes de você. Por maior que seja seu amor por aquele homem, por mais imensamente profundo que seja o vínculo entre vocês dois, sei que você jamais faria isso. Não sei se é a coisa certa, talvez não. Talvez devêssemos permitir aos nossos filhos que nos conheçam por aquilo que realmente somos, humanos e fracos, mas não estamos prontos. E, se a ideia me aterrorizou, não posso nem imaginar o que significa para você. Eu lhe pedi tempo porque era disso que você precisava. Eu também gostaria de ter tido um pouco mais, só que não foi assim, e de qualquer modo vocês eram a coisa mais importante, aquela que devia ser protegida.

Finalmente Alice voltou e, assim, também o sorriso de Matteo, que procurou aceitar Andrea como um novo amigo, demonstrando saber se adaptar melhor do que eu às novidades.

Ele estava prestes a iniciar o curso médio, numa escola pública.

Tinha sido Alice a insistir, diante das nossas inseguranças.

— Não acha que os programas são complicados demais para ele?

— Não! — gritara ela, obstinada.

— Ali, pense bem...

— "Pense bem" o quê? Meu irmão se exprime em duas línguas e sabe ler lábios, coisa que, é bom lembrar, só os espiões mais hábeis conseguem fazer; é um gênio do cálculo, conhece todas as capitais do mundo e, como se fosse pouco, é também um enxadrista imbatível! Bom, não dei o duro que dei para vocês, os pais dele, o tratarem como um retardado! Se não o matricularem numa escola regular, eu vou denunciá-los!

Ficamos sem palavras. Sandra buscava em mim uma ajuda que não encontrava. Eu não queria rebater, porque, no fundo, também pensava daquela maneira. Matteo daria conta, e, em caso contrário, haveria Alice para ajudá-lo. Sandra parecia paralisada.

— E se ele não conseguir? — havia perguntado baixinho.

— Por que não conseguiria? Parem de pensar que quem tem problemas é ele. Matteo sabe como enfrentar as dificuldades; à diferença de vocês, que ficam aqui se contando fábulas um ao outro.

— Alice!

— Mamãe! — gritara minha filha, com ar de quem está pronto para caminhar sobre brasas. — Não sou idiota.

Sandra não respondera.

Durante aquele inverno fui a Paris para uns fins de semana bem românticos. E finalmente, em fevereiro, criei coragem e perguntei a Camilla, apertando-lhe a mão:

— Gostaria de voltar para a Itália?

— Não sei. Já tentei uma vez, lembra?

— Agora seria diferente, poderíamos ter uma vida nossa e você recomeçaria a ensinar de onde parou... — Eu tinha a impressão de estar sonhando, e ela não respondeu. — Só peço uma coisa, Camilla: pense nisso, por favor. Não posso me afastar da minha família, mas, desta vez, seria de fato diferente. Não quero ficar sem você.

Por mais que estejamos habituados a testemunhar as piores coisas e que, com frequência, nossas expectativas sejam frustradas, sempre confiamos que acontecerá algo extraordinário que nos permitirá ter novas esperanças.

Nas viagens de volta de Paris, eu me detinha para pensar em nossa nova vida. Tudo parecia possível. Matteo estava crescendo, eu e Sandra conseguíamos administrar nossas dificuldades sem grandes solavancos e Alice estava feliz com o namorado. Eu imaginava uma família ampliada: Sandra e seu novo homem, eu e Camilla, Alice e Andrea, Matteo, serenos e cúmplices.

Perguntava-me se esse novo arranjo influenciaria o desenvolvimento de Matteo. Estaríamos desrespeitando aquele silencioso pacto feito após o diagnóstico, muitos anos antes, de colocar nossas vidas a serviço da serenidade dele? E se um dia alguma coisa nos demonstrasse que havíamos apenas cometido um grave erro e que quem pagaria as consequências seriam nossos filhos? Seríamos capazes de nos perdoar por isso?

Eu não sabia a resposta. Mas aprendi na própria pele que, muitas vezes, planejar é uma grande perda de tempo. E naquele dia de fevereiro tive a prova disso.

Quando entrei em casa, encontrei Sandra saindo do banheiro, trazendo na mão uma espécie de caneta de plástico, com a expressão de quem viu um fantasma.

— Estou grávida!

E foi como se, depois de lhe dizer que tem um câncer, um amigo lhe pedisse para mudar de assunto.

— Sandra, mas...

Fiquei sem palavras, e ela também. Aproximei-me e a abracei. Não conseguia nem imaginar o que lhe passava pela cabeça.

— Estou com medo, Alberto! — Isso eu entendia.

— Procure se acalmar. De quanto tempo?

— Não faço ideia. — E, como se o fantasma fosse ela, desapareceu no quarto.

Nos dias subsequentes, as expressões em seu rosto mudavam sem parar: em alguns momentos, ela parecia ausente; em outros, sonhadora. Decidi não puxar o assunto, se ela não o fizesse.

— Você pode ir buscar Matteo hoje? Teremos consulta no ginecologista às 5.

— Tudo bem — limitei-me a responder, deixando cair no vazio aquele plural que pretendia me dizer muito mais.

Depois de pegar meu filho na fonoaudióloga, levei-o para dar uma volta e compramos umas pizzas para o jantar, imaginando que para Sandra seria bom ter uma tarefa a menos.

— Lá vai a mamãe! — A voz de Matteo me fez frear de chofre.

Sandra caminhava, com o olhar baixo, a poucos metros de nós. Estava sozinha. Matteo abriu a porta do carro, antes que eu pudesse detê-lo, e correu para ela. Pouco depois entrou de volta para o assento traseiro e a puxou pela mão.

— Como foi lá? — perguntei, sem me voltar para ela.

— Estou grávida de seis semanas.

— E vai tudo bem?

— Parece que sim.

— Davide já foi embora?

— Não pôde vir. Tinha um compromisso de trabalho que não conseguiu adiar — respondeu ela de um só fôlego, como se soubesse aquilo de cor.

— Certamente irá com você da próxima vez.

Ela não respondeu; naquela noite nem sequer terminou de comer sua pizza.

Existem dois tipos de mudança. As de verdade acontecem em total silêncio e ninguém, mesmo de perto, é capaz de notá--las. E as fingidas. São como o açúcar de confeiteiro sobre a torta: fica linda, mas basta um sopro para transformar tudo numa nuvem branca e inconsistente.

— Ele não quer a criança.

A voz de Sandra estava embargada pelo pranto. Passara-se uma semana após o teste, e eu não me lembrava de tê-la visto comer alguma coisa.

— Vocês conversaram? Ele deve estar chocado, mas...

— Não quer outros filhos e acabou de assinar um contrato para ir trabalhar em Roma. Foi convidado por uma emissora nacional e aceitou.

— Isso não significa que não possa se ocupar de você e do bebê...

— Alberto! Não consigo nem falar com ele desde que o avisei que estou grávida. Diz que não tem intenção de começar de novo...

— Sandra, é uma reação compreensível; dê um pouco de tempo a ele e você verá que...

— Davide não acredita que duas pessoas que já geraram filhos surdos sejam capazes de ter um saudável; diz que tentar seria um erro!

— Mas que babaquice é essa, Sandra? Espero que você não pense assim também!

— Não sei mais o que pensar.

Vi-a cambalear sobre as próprias palavras e cair entre meus braços.

Acariciei-lhe a cabeça enquanto ela enchia o aposento de soluços.

Naquela noite pedi a Alice que levasse Matteo para comer um hambúrguer.

— Mamãe não está bem, não é? — perguntou minha filha.

— É só um momento difícil, mas resolveremos tudo. Não se preocupe e fique com seu irmão.

— Às ordens, mas, se precisar, me chame!

E a ternura me invadiu.

— Claro!

Sandra decidiu que iria abortar, e essa me pareceu a coisa mais triste que podia lhe acontecer.

— Não tenho escolha, Alberto.

— Você pensou bem?

— Alberto! — trovejou ela, nervosa e exausta. — Tenho 43 anos e estou esperando um filho de um homem que não quer nem saber, e o único com quem posso falar disso é meu marido, de quem estou prestes a me separar...

— Posso compreender tudo, mas não creio que você esteja em condições de tomar uma decisão dessas agora.

— E o que eu faço? Não sou só eu, há também Alice e Matteo. Eles já terão que enfrentar nossa separação...

— Pare de pensar que nossos filhos sejam um limite, em vez de um recurso. — Naquele momento eu me sentia muito na pele de Alice.

— Não é brincadeira. Não posso pôr no mundo mais um filho. Sou uma pobre cretina e este é meu castigo por ainda ter acreditado em fábulas.

A intervenção havia sido marcada. Dali a algumas semanas, Sandra faria um aborto. Parecíamos dois alienígenas. Naqueles dias, eu iria me mudar para o apartamento da minha mãe, já tendo começado a levar algumas das minhas coisas.

Foi ali, pouco antes de sair para jantar, que senti necessidade de ligar para Camilla.

Pensei em Paris, cidade onde estivera muitas vezes mas que não conhecia direito, que eu havia odiado por tê-la levado embora e amado por ter me permitido ir procurá-la. Nos hotéis, nos restaurantes, nos bares e calçadas dos quais Camilla era alma e cor, nas noites frias e inseguras que ela transformava em férias de poucas horas, na dor que ela conseguia acalmar e na alegria que um só olhar seu me proporcionava.

Por muito tempo, o telefone me disse que ela não estava. Nem em casa nem no celular. Nada. Tentei várias vezes.

Finalmente, sua voz:

— Lamento, Alberto. Estou de partida.

— Para onde?

— Vou embora, mas, desta vez, para sempre.

— Espere! — gritei, mas Camilla não obedeceu.

Depois veio o silêncio.

Liguei para Greta e pedi que me reservasse um voo para Paris.

— Um voo? — respondeu ela, como se a chamada estivesse ruim.

— Sim. O primeiro disponível.

— Agora mesmo — respondeu, num tom não muito convicto.

Meus joelhos começaram a tremer, e o estômago se apertou tanto, que acreditei estar sufocado. Sentei-me no chão e, olhando para o teto, comecei a chorar.

Há dores que se atenuam lentamente e, com um pouco de sorte, algumas desaparecem de todo, ao passo que outras, aquelas que realmente fazem mal, permanecem ali sob a pele para sempre, como uma cicatriz, uma farpa, uma bala.

— Camilla, amei você mais do que qualquer outra coisa! — gritei, com todo o ar que trazia no corpo.

Avisei a Sandra e voei, pela primeira vez na vida, rumo a Paris, mas não cheguei a tempo. Camilla também tinha ido embora, de novo, como só ela sabia fazer.

27.

Sempre odiei voar. Sempre odiei aviões e aeroportos. Os motivos são banais. Tenho medo de voar e jamais gostei de despedidas. Mesmo não conhecendo as pessoas que não verei mais, isso me aborrece. Deve ser por causa daquela atmosfera padronizada e fechada em construções futuristas e assépticas ou talvez por influência de tudo o que vi em filmes. Não sei. Mas o medo de voar, este é real. Sempre o tive. E sou grato por ter crescido antes da invenção dos voos *low cost*.

Só você poderia me fazer entrar nesta máquina infernal. Talvez porque me sinto terrivelmente culpado e, ainda que agora esteja tudo claro, sou tão estúpido que preciso ver com meus próprios olhos. Por que, se estava tudo errado, parecia tão certo?

A única coisa da qual estou seguro é que precisei de quase cinquenta anos para descobrir que os heróis são as pessoas que fazem as coisas quando estas devem ser feitas, não importando as consequências. Mas também que os heróis são pessoas cheias de problemas.

O aeroporto de Paris é imenso, e por isso me agrada ainda menos.

Procurei a saída como se precisasse emergir da apneia e me dirigi ao ponto de táxi. Respirei fundo.

Abandonei-me no assento posterior de um carro francês apoiando a cabeça na janela. Tentei me distrair buscando a torre Eiffel. Não deveria ser vista de qualquer parte da cidade? Evidentemente, não.

Chegado ao meu destino, precipitei-me para a entrada do prédio de Camilla.

Subi ao terceiro andar e me dirigi à segunda porta à esquerda. Tomei fôlego, depois da escada percorrida às pressas. Sentia o coração na garganta, e a vontade de vê-la era a de sempre. Toquei. Nenhuma resposta. Tentei de novo... Mais uma vez... Outra vez. Nada, ainda. Descartei imediatamente a dúvida de ter errado o apartamento. Recuei um passo e olhei o relógio. Era de manhã e ela devia estar em casa. Depois imaginei todas as coisas óbvias. Um passeio, um trabalho ou o supermercado. Esperei vê-la surgir de um momento para outro, exausta e carregada de sacolas. Olhei a escada. Depois toquei de novo.

— *Cherchez-vous quelqu'un?*

Uma mulher vestida de azul apareceu atrás de mim. Devia ser a vizinha. Sorri para ela e, num francês capenga, respondi:

— *Oui, madame. Je suis un ami de Camilla Sensini* — e olhei-a, esperando não precisar formular outras frases.

E assim foi, porque, com poucas palavras que eu compreenderia em qualquer língua, a mulher disse:

— *Elle est partie hier. Je ne sais pas où.* E acrescentou:
— Falo um pouco de italiano.

Em seguida pegou uma penca de chaves e abriu a porta do apartamento. Um feixe de luz me atingiu. Intuía-se de imediato que de Camilla não havia rastro. Dei um passo para dentro só pela vontade de ser desmentido. De ver alguma coisa que lhe pertencesse, alguma coisa sem a qual ela não pudesse viver, e então voltaria para buscá-la. Mas não existia nada de tão importante assim para ela. Nem mesmo eu.

Já fechei minha mala. Agora eu me lembrava.

Cumprimentei aquela senhora, agradeci e comecei a descer a escada.

— *Monsieur*, espere! — E um véu de esperança me envolveu, mas só por um instante.

— Alberto?

— Sim, sou eu.

— *J'ai trouvé...* como é que vocês dizem? Encontrei isso? — E me estendeu um pedacinho de papel desbotado. Reconheci a letra. Eu mesmo o escrevera, quase trinta anos antes.

Eu, abaixo assinado Alberto Mainardi,
nascido em Gênova em 04.03.1965
e residente à via dei Glicini, 8, em Gênova,
tel. 010.5759043, declaro que:
você, Camilla Sensini, não me perderá nunca.

Não consegui segurar as lágrimas.

— Faz muito tempo que o senhor não a vê?

— Um pouco — respondi.

— *Mais* são muito amigos, *n'est-ce pas?*

— Muito amigos? Acreditei tê-la amado mais do que qualquer outra coisa, mas agora não sei mais... — Não encontrei palavras para terminar aquela frase. Nunca as encontrara.

— *Je crois que* Camilla também o ama.

Mas não entendi se aquela frase foi pronunciada por pura formalidade.

— Ela só fala do senhor.

Compreendi por que você fugiu também desta vez. Sentia-me um estúpido, parado numa rua de uma cidade que eu fingia conhecer, mas que, como em todo o resto da minha vida, só saberia atravessar se fosse levado pela mão. Sentei-me numa cafeteria porque precisava fazer uma pausa. Camilla tivera êxito naquilo que sabia fazer melhor, fugir sem deixar pistas. Talvez um dia ela voltasse com a mesma vontade de não envelhecer, de não crescer. Mas e eu? Como havia chegado até ali? Poderia procurá-la, sair pelo mundo e levar a termo pelo menos uma coisa. Sabia perfeitamente que, se naquele dia não tivesse encontrado Alice, jamais teria coragem para dizer a verdade à minha família, mas também conhecia todas as noites que passara me perguntando o futuro que esperava Matteo, todas as vezes que duvidara de estar à altura, e todas aquelas em que gostaria de fugir para longe porque a frustração que nunca nos abandona estraga qualquer relação. Pensei em Sandra, tão perfeita e corajosa, e no que teríamos nos tornado se não existisse Alice, na expressão desta quando me vira beijar Camilla, e em Matteo, que iria participar de um torneio nacional de xadrez, demonstrando-me que, sem grande dúvida, o elo débil sempre havia sido eu. Levantei-me daquela cafeteria consciente de que finalmente chegara o momento de demonstrar quem eu era e que, apesar de todos os problemas, ainda havia uma família para manter a salvo.

É sempre uma questão de expectativas, porque aquilo que desejamos nos deixa em espera, mas, em contraposição, aquilo que jamais imaginaríamos nos muda a vida.

O sol estava prestes a declinar sobre Paris e, como se fosse normal, fiz aquilo que sabia fazer melhor. Telefonei à minha esposa.

— Estou com tanto medo...

Eu quis responder que ela não precisava me dizer isso, porque havia uma parte sua que eu conhecia como a mim mesmo e que a partir daquele dia iria cuidar também de todas as outras. Pelo menos, iria tentar.

— Não faça aquilo.

— Alberto, mas...

— Ainda precisamos conversar. — Em seguida, baixei a voz e sussurrei: — Você ainda é minha mulher; não vou deixá-la sozinha...

— E o que diremos às crianças? Como faremos para administrar uma situação dessas? É impossível, e você não é obrigado a...

— Amanhã estarei em casa e... — Então, com a força que só Alice encontraria, murmurei: — Matteo será um irmão mais velho fabuloso, pois teve a melhor das professoras, e, se você não se opuser, eu também poderia estar perto. — E, enquanto as palavras se misturavam com as lágrimas, acrescentei: — Ou se é ou não se é uma família, não basta falar e pronto.

— Alberto?

— Diga.

— Obrigada.

E no meu coração eu soube que aquilo era tudo de que eu precisava.

No voo, procurei manter a calma inclinando a cabeça para trás, fechando os olhos em busca de um pensamento que me tranquilizasse. Pensei em Matteo e no dia em que Sandra o arrancara das enfermeiras, poucos minutos antes que fosse feito nele o implante coclear, e na sensação de desespero que nos envolvera quando o médico nos gritou que iríamos nos arrepender. A vida nos dera razão, e talvez o diagnóstico de Matteo tivesse sido severo demais. Talvez sua audição tenha melhorado graças a todos os estímulos recebidos.

Talvez tenhamos feito a coisa certa. Talvez fôssemos nós os heróis.

Quando aterrissei, percebi que segurava no punho, por toda a duração do voo, o papelzinho que escrevera para Camilla na minha vida anterior.

Antes de entrar num táxi, amassei-o e o joguei fora. Depois pedi para ser deixado em casa. Era de manhã cedo e a luz ainda estava leve, enquanto a voz do DJ Davide dirigia uma melancólica despedida aos fãs que o tinham acompanhado durante anos.

Pousei a mão sobre o ombro do motorista e pedi que mudasse de itinerário. Ao chegar ao novo destino, ergui o olhar até o topo do arranha-céu que eu via à minha frente e entrei. Atravessado o saguão, conferi as placas e esperei o elevador. No terceiro andar, desci e, com ar tranquilo, me dirigi à esquerda. Atravessei uma sala com uma maquininha para café e outra para água. Olhei ao redor e, quando uma moça com umas pastas nos braços passou ao meu lado, perguntei:

— Por favor, onde é o estúdio de gravação?

— Qual deles? Quem é o senhor?

— Um amigo de Davide. Ele pediu que eu passasse aqui. Quer me mostrar onde trabalha antes de ir embora.

Que eu era bom em improvisar, acho que já disse.

— Ah! É ali, terceira porta à direita, a maior! — respondeu a moça, com ar de quem tem pressa em se afastar. Segurei a porta para ela, a fim de retribuir a gentileza, agradecendo com um sorriso.

Avancei pelo corredor e parei diante de uma porta grande e envidraçada, com uma luz vermelha acesa em cima. Parecia um aviso de "não entre", mas, como se isso não fosse importante, escancarei-a e me aproximei do homem com fones de ouvido na cabeça, que estava encantando as manhãs de numerosos ouvintes.

— Eu sou Alberto, o marido de Sandra — e, pela primeira vez na minha vida, encontrei forças para desferir um soco bem na cara de alguém. Os fones de ouvido voaram, ele gritou com pavor e, por trás do vidro, umas pessoas pegaram o telefone com a intenção, imagino, de chamar a polícia.

Davide perdia sangue por um lábio, enquanto outros dois indivíduos entravam na sala para me segurar.

Eu me voltei, agarrei o microfone, que permanecera ligado, e, fitando meu rival nos olhos, intimei:

— Deixe-me sair daqui ou eu conto a todo mundo que verme dos infernos você é. — E, já me encaminhando para a saída, acrescentei: — Fique tranquilo; não creio que sentiremos sua falta.

Abri a porta de casa, e os olhos de Matteo me perfuraram a carne com mil perguntas que ele talvez nunca me fizesse. Estava espiando os caixotes dentro dos quais eu tinha posto algumas das minhas coisas na intenção de levá-las dali.

Ele quis saber por que estavam na entrada e se eu precisava de ajuda para transportá-las até o porão. Havia pelo menos cem respostas a essa pergunta, mas eu nunca teria coragem de dar a única que me ocorreu. Então me aproximei e, sem usar as mãos, porque estavam tremendo, sorri e disse:

— É a última regra, Matteo, aquela de que você precisará para se tornar realmente adulto. Seja qual for a escolha que a vida lhe pedir para fazer, não tome nenhuma decisão sem antes arrumar um pouco as coisas dentro e fora de você. Isso vai ajudá-lo a vê-las como realmente são.

— A mamãe também diz isso sempre! Quer uma Coca-Cola, pai? — Ele me pareceu maior.

— Claro.

Tudo pode ser organizado, os números como as letras, as palavras como os nomes. Organizar significa selecionar, decidir, mas também escolher.

Última Regra:

**O rei não morre nunca,
só conhece a rendição**

28.

Naqueles dias parecíamos mantidos juntos por um elástico, uma corda ou um barbante que impedisse tudo aquilo que estava entre nós de ser vomitado.

Uma família não é feita somente de anos passados sob o mesmo teto, de filhos e de uma maré de experiências a contar. Não, uma família possui um ponto fraco que em geral as pessoas preferem manter oculto, e agora compreendo bem o motivo.

Circulávamos pela casa sem nos tocar, tentando ser cordiais a ponto de parecermos metálicos. Não nos chamávamos mais de um aposento a outro nem entrávamos no banheiro sem bater. Se dividíssemos equitativamente as despesas, seríamos perfeitos.

Então um dia você gritou: "Está se mexendo, venham cá!", e nos aproximamos, como uma mancha de óleo que se expande. Alice veio trazendo o irmão, e nós três apoiamos as mãos sobre sua barriga. Seu rosto estava se enchendo de lágrimas, e Matteo disse: "O bebê quer nos conhecer!", então caiu na risada.

Assim, como se a maré houvesse baixado e o espaço que nos separava tivesse se tornado praticável, nós também rimos.

Um dia, compreendi perfeitamente.

Você estava na cozinha, dando comida à pequena Marta, e Matteo lhe pediu para conferir os deveres de casa dele. Alice interveio logo, pegando o caderno do irmão, e eu tirei de sua mão a colher que você segurava.

Compreendi assim que, para substituí-la, é necessário um time inteiro. Depois de nos olhar um a um, você se levantou e disse:

— Já que são tão eficientes, eu vou tomar um bom banho quentinho!

E só Deus sabe o quanto eu queria ir junto.

Algum tempo depois do nascimento de Marta, li num jornal que, para compreender como é profundo o amor que sentimos por alguém, devemos imaginar ver essa pessoa desaparecer. Senti-me como se tivesse profanado um lugar sagrado. Não foi só vazio e atordoamento: senti como se me pedissem para pintar o céu com uma só cor. Eu não saberia por onde começar.

Somente numa coisa eu não tive nenhuma dúvida: a pessoa em quem pensei era você. E a ideia de que com você não ocorresse o mesmo me deixou sem fôlego.

Uma noite você recebeu um telefonema. Olhei-a se afastar da cozinha e baixei o volume do televisor porque queria desesperadamente me assegurar de que não era ele. Tudo ficou perfeitamente claro quando você voltou, porque não disse uma palavra.

Sua melancolia tinha a mesma forma do meu medo.

E se Davide tivesse decidido voltar? Se lhe tivesse dito que estava arrependido e queria tentar de novo? Se lhe tivesse pedido desculpas como eu não soubera fazer?

Fechei-me no banheiro, onde fiz uma coisa insólita: pensei em como meu pai reagiria. E chorei como um menino, porque, pela primeira vez, senti o desejo de falar com ele e lhe pedir um conselho, de me parecer com ele um pouco.

Se pelo menos tivesse a coragem de abraçá-la ou encontrasse as palavras certas para colar você a nós, para desafiar sua ausência, para lhe perguntar se você ainda me reconhece, se em algum momento sente vontade de estreitar tudo o que fomos ou se, ao contrário, quando olha para mim preferiria vê-lo...

Se eu pudesse voltar atrás, me deteria ali, naquela cafeteria onde encontrei uma velha paixão, e, depois de me conceder talvez alguma fantasia, voltaria diretamente para casa. Pois é, se pudesse.

O mais estranho é que eu manteria bem perto de mim, sem pensar um só instante, a parte mais difícil da nossa vida. A mesma que, várias vezes, teríamos preferido que fosse diferente. Aquela feita de especialistas, aparelhos acústicos e sílabas partidas, aquela na qual eu e você éramos uma coisa só e seus passos se confundiam com os meus.

Se você soubesse como eu me sinto estúpido agora!

Agora que compreendi que para transportar tudo aquilo de que preciso não me bastaria apenas uma mala.

Se eu escrevesse um romance, agora com certeza iria dedicá-lo a você. À sua mão sobre a cadeira alta, enquanto você olha as tarefas de Matteo e escuta os problemas de Alice; ao seu olhar sobre os rascunhos a corrigir enquanto você põe uma torta no forno; às pequenas rugas no seu rosto que você identifica pelo nome. Aquela entre as sobrancelhas tem o meu nome, está ali por todas as vezes que a enfureci, aquela fininha que atravessa sua testa é a preocupação com Matteo, em torno da boca ficam todas as caretas que você fez para combater as contestações de Alice, e aquelas pequenininhas, ao redor dos olhos, chegaram por você ter posto os três no mundo.

Você nunca se esquece de nada, nem de comprar o leite nem de comemorar os aniversários, e encontra sempre a força para escutar e responder a uma pergunta, de modo que cada um de nós, se você também estiver presente, se sente importante. Você sabe nos iluminar. É por isso que é tão especial, porque sabemos sempre onde encontrá-la e isso nos torna invencíveis.

O que importa são os detalhes, Sandra, e só agora percebo que cheguei à meta mesmo tendo feito o caminho errado, e você estava lá me esperando.

São os dias passados sem saber o que fazer para ajudar Matteo ou as noites no hospital sem Alice, perguntando-nos se ela entendia que não a deixaríamos sempre com a avó se não fosse necessário. É aquele sentimento de culpa que você carregou nos ombros só porque era a mãe e que jamais evitou encarar. É aquela sua coragem que eu sempre invejei. São as tardes nas salas de espera ensaiando as letras do alfabeto, a língua dos sinais e a musicoterapia.

Mas há também o jornal que você me arranca das mãos logo que eu começo a folheá-lo ou o sorvete que toma da minha taça porque, assim, acha que não vai engordar. As saias sobre o joelho, as blusas fechadas até o último botão e seus cabelos recolhidos. É vê-la saltar de alegria no sofá quando Matteo disse: "Bom dia, senhor" sem se interromper, ou cantar no banheiro com Alice empunhando a escova de cabelos como um microfone. São as velinhas apagadas na minha festa ou quando você ensinou as crianças a correr ao meu encontro sempre que eu voltava do trabalho. Eles fazem isso até hoje. São as roupas que você jamais comprou, os restaurantes aonde nunca fomos e aquela infinita lista de lugares que você gostaria de conhecer e que ficaram no mapa. São o braço que você deslocou ao procurar Alice ou a força com a qual arrombaria a porta para liberar Matteo daquele banheiro. É você, que tem sabedoria para dar e vender e que está sempre pronta a nos manter a salvo.

Organizar é a certeza de ter escolhido você.

MATTEO

Os peões só são fortes
se estiverem unidos

(Alguns anos depois)

Gosto de tomar chuva. Todos acham que é por causa da minha idade, porque os adolescentes ficariam tomando banho embaixo daquela água tentando beber as gotas que caem do céu. Para mim é diferente; eu gosto porque consigo senti-la e naquele momento sou exatamente como todos os outros. Creio que é o mesmo motivo pelo qual adoro jogar xadrez e me saio bem. Meu silêncio não admite distrações. Quando minha irmã me ensinou a jogar, eu sempre começava movendo a mesma peça — o cavalo, meu preferido. Ainda faço isso, mas só se for o primeiro a jogar e se o adversário não me conhecer tão bem quanto Ali.

Na escola houve o dia do branco e preto. Cada um de nós devia levar algo que fosse representativo. Eu preferiria fazer um doce de chocolate coberto de creme, mas Alice se voltou e disse: "Leve recordações!" Não me pareceu uma coisa tão genial assim, mas a mamãe se iluminou e saiu correndo lá para dentro. Voltou trazendo uma pilha de velhas fotos dela e do papai quando eram crianças. Caí na risada quando olhei como eles se vestiam, pareciam

Alice e eu projetados na pré-história. Mamãe começou a contar um monte de coisas sobre as pessoas que estavam perto dela naquelas imagens, pessoas das quais eu nunca ouvira falar. Depois o papai chegou e também passou a narrar algumas de suas lembranças de quando era criança, do campo e de uns tios que se mudaram para a Austrália.

Assim, entre uma história e outra, eu também me inseri.

— Lembram quando Alice fugiu de casa?

Eis o que é uma família: um mar de lembranças antigas e de silêncios atuais.

Agora estou aqui e me sinto emocionado. É uma partida importante. Venci todos os desafios e me classifiquei para a semifinal num torneio de xadrez patrocinado pela Federação Nacional.

Ah, já ia esquecendo: meus adversários têm todos uma audição normal. Creio que isso os prejudica, porque a concentração é fundamental e, entre dois jogadores de preparação semelhante, sempre vence aquele que consegue manter os nervos firmes por mais tempo: como se sabe, os ruídos podem distrair, mas não estou nem aí para isso.

Meu adversário parece ter intuído minha estratégia. Leva um tempão para mover as peças, mas escolhe sempre a jogada certa.

Um dia eu estava escondido do lado de fora do banheiro e olhei para mamãe, que, refletida no espelho, falava com o papai. "Se não fosse surdo, ele seria perfeito!" Nunca fiquei sabendo o que meu pai respondeu, mas recordo haver sentido uma desorientação profunda, até que Ali me explicou que isso era uma coisa que dava orgulho, porque, se você tira os defeitos de uma pessoa, ninguém jamais se lembrará dela, coisa que não tem nada a ver com ser perfeito, como eu.

Mudanças não me agradam muito, sobretudo se envolverem minha família. Por isso, no dia em que a mamãe se sentou à minha frente para me anunciar que dentro em pouco eu ganharia mais uma irmãzinha e em casa seríamos cinco ao todo, tranquei-me no quarto, tomado pelo desespero. Sabia que se fosse capaz de ouvir teria descoberto isso muito antes, porque muitas vezes escutar às escondidas é o único modo de conhecer a verdade. Mas talvez, se eu ouvisse, a mamãe não teria tido outro filho; eu teria sido suficiente.

— Se eu fosse normal, você não faria esse bebê...

A mamãe me puxou com força, sem o habitual cuidado para não me machucar, e me obrigou a olhar para ela.

— Daqui a mil anos ou daqui a um milhão de anos, eu ainda iria querer ter você, entendeu? — Depois me abraçou e, através dos seus ossos, ouvi: — Se você soubesse o quanto eu lhe quero bem... — Então, também a abracei.

Naquela noite, Alice foi ao meu quarto e me explicou que bastaria fazer o que ela havia feito comigo, e que, afinal, eu era o irmão maior. Respondi que seria fácil e que não a decepcionaria, mas passei a noite inteira me perguntando como diabos seria possível imitar, mesmo que só remotamente, alguém como minha irmã. Mas eu contaria com o papai. Afinal, de vez em quando ele também parecia desorientado.

Algo não está bem; fiz um movimento inútil e corro o risco de dar vantagem ao meu adversário. Alice sempre diz que, para compreender o tabuleiro, você deve abandoná-lo por um instante, porque, quando volta, ele lhe aparecerá como novo. Então me viro para a plateia, pela primeira vez desde que me sentei. Lá estão a mamãe com minha irmã Marta nos joelhos, Alice e o papai, que parecem petrificados. Eu precisaria me aproximar um pouco para conferir se eles ainda respiram. Ali se move e, me piscando um olho, pega a mão de nossa mãe e a reúne à de nosso pai. Sorrio para ela e, como por magia, quando pouso de novo os olhos sobre minhas peças, noto um espaço que não havia considerado. Desloco minha torre por quatro casas, o adversário afasta o rei, agora o meu cavalo o controla em duas fugas, basta aproximar a torre e acontece o que eu esperava: o rei inimigo em xeque-mate.

Aliás, Alice me dizia sempre: "Proteja seu rei e as pessoas que você ama."

Levanto-me para gritar de alegria e é lindo, porque estou berrando como qualquer um faria.

A mamãe levanta Marta e me aponta, o papai cai de joelhos gritando "vamos láááá!" e apertando os punhos com força, enquanto Alice corre ao meu encontro, e acontece algo fantástico: pela primeira vez, sou eu a levantá-la do chão, porque sou seu irmão e vou cuidar dela. Somos fortes porque somos unidos.

Às vezes, creio mesmo ser o mais sortudo do mundo.

Ah, ia esquecendo: naquela vez na escola, para o dia do branco e preto, levei meu inseparável tabuleiro de xadrez.

SANDRA

A rainha só se move no final

A coisa mais estúpida que se pode pedir a uma mãe é que escolha entre seus filhos. Não importa se uma parece nascida da deusa Fortuna, nunca perde o controle e tem ideias mais claras e sólidas do que as suas, ao passo que o outro nem se volta quando você o chama e o maior medo que você tem é de que ele atravesse a rua sem ter conferido se não vem nenhum carro. Não existe escolha, ainda que em seu coração você sempre esteja voltada para o mais frágil.

Quando Alice nasceu, fui levada ao hospital pelos meus pais. Alberto pegou um engarrafamento e mal chegou a tempo para vê-la vir ao mundo. Durante aquelas horas, enquanto achava que minha barriga iria explodir, eu me sentia sozinha: embora o setor inteiro estivesse à minha disposição, a falta de Alberto me enchia de medo. Quando colocaram minha filha nos meus braços, aquela sensação desapareceu para sempre.

Já você, Matteo, chegou durante um temporal que ninguém havia previsto. Recordo que as dores começaram junto com uma saraivada de granizo contra as vidraças. Caminhei pelo corredor para chamar meu marido e minha mãe. Uma contração violenta me dobrou ao meio, e Alberto me segurou imediatamente. Lembrei-me mil vezes daquele momento, quando estava sentada com você no colo diante das portas dos ambulatórios, esperando que alguém me dissesse alguma coisa, qualquer coisa que me desse um pouco de esperança.

Aquela contração dolorosa era seu modo de me dizer que dentro de mim você teria ficado muito mais em segurança.

Lamento, meu amor, porque eu quase havia conseguido fazer você perfeito.

Agora estou aqui sentada com sua irmã Marta no colo. Tenho um nó na garganta e não paro de mexer as pernas porque todo este silêncio ao redor me desconforta. Desde quando você nasceu, o silêncio sempre me incomodou.

Deve haver centenas de pessoas que vieram vê-lo. É um desafio importante para os amantes de xadrez e você é o protagonista, mas eu preciso pensar em outra coisa, senão caio no choro diante de todo mundo.

Pergunto-me como chegamos até aqui. Eu e seu pai parecíamos dispostos a mandar tudo para o espaço só porque achávamos que fosse fácil. Depois, com a mesma simplicidade, passamos por cima de tudo, e as coisas se ajeitaram. É como uma ferida grave da qual sempre restará uma grande cicatriz, mas não posso deixar de pensar que talvez tivesse de ser assim mesmo. Ignoro se você chegou a perceber alguma coisa ou mesmo se compreendeu tudo e até nos perdoou por não sermos perfeitos. Não somos como você.

Se seu pai não tivesse comprometido tudo, não teria nem sequer a possibilidade de nos salvar, e sei muito bem que, se por fim ainda estamos aqui, o mérito é só dele. Enquanto eu estava parada, olhando para os cacos da nossa família caídos no chão, ele se inclinou e os colou um a um. Creio que essa é a maior coisa que ele fez na vida, e a fez por nós. Por você, com quem sempre tem o que aprender, por Alice, que é o grande orgulho dele, e por mim, que pela primeira vez compreendi que se havia chegado até ali não era pela minha força, mas porque sempre o tivera ao meu lado, e por Marta, que tem direito a um pai fabuloso como o de vocês.

Quando Marta nasceu, já éramos especialistas. Naquela manhã eu era a mãe mais velha na enfermaria, mas desta vez, na bolsa que levava, não faltava absolutamente nada. Isso se chama experiência. O choro dela, porém, me pareceu tão forte que me partiu o coração. Pedi insistentemente que a examinassem. "Ela nos ouve? Nos vê? Poderá andar?" Eu tinha passado muitos serões na internet e sabia que, geneticamente, Marta tinha todas as chances de ser dotada de uma audição normal e, embora esta frase me doa quando penso em você, devo admitir que é um alívio saber que ela tem um caminho menos tortuoso a percorrer. Porque, se é verdade que jamais poderia escolher entre vocês, seguramente saberia pedir o melhor para cada um dos três.

É incrível. A gente se habitua a tudo. Às consultas médicas, aos exames de resultado desanimador e a todas as coisas que não podem ser feitas. É com as possíveis que a gente não consegue se acostumar.

Você fez mil progressos, passou nem sei quanto tempo fazendo fonoaudiologia, aprendeu a se expressar tanto em gestos como em palavras. Eu deveria saber que você sabe se arranjar e, no entanto, estou aqui implorando a Deus que o deixe vencer esta partida, como faria a mais covarde das mães. Você está fazendo algo incrível, algo que dez anos atrás parecia impossível. Então olho Alice e seu pai, que estão de mãos dadas e parecem hipnotizados. Creio que têm medo de fazer barulho e de perturbá-lo, porque para eles você é realmente como todos os outros e pode vencer com suas próprias forças. Mas, para mim, você sempre permanecerá como algo a manejar com cuidado, e por isso começo a rezar baixinho.

Muitas vezes as pessoas me perguntam como é que eu faço, e sabe qual é a verdade? Não quero saber. Observam seus aparelhos auditivos e pensam que, por sorte, isso aconteceu comigo e não com elas. Não me entenda mal: eu não as critico, certas coisas só compreendemos quando acontecem conosco. Só que, quando olho para você, vejo o garotinho que faz as tranças da irmã, que sacode as mãos para me pedir a merenda, que vai para a escola sozinho, embora eu o siga de longe. E quer saber outra coisa? Eu não queria um filho que não fosse surdo, porque ele não seria você.

Sua irmã acaba de pegar minha mão e de uni-la à de seu pai. Não consigo evitar me perguntar o que ela pensa de mim e se aprova pelo menos uma só das minhas escolhas de mulher e de mãe, se um dia vai me falar disso ou se deverei esperar que ela também se torne mãe, mas depois me basta ver vocês juntos para compreender que eu também devo ter feito algo de bom. Agora sinto o calor da mão do seu pai envolver a minha, os dedos dele se movem lentamente e sinto arrepios porque não recordo quando foi a última vez que nos acariciamos, mas ainda é uma bela sensação, sabia?

Você se voltou para nós e sorriu. Meu coração parou. Em seguida, alguns movimentos de peças e todos se levantaram porque você, o rapazinho perfeito, venceu esta partida contra todos os prognósticos. Mas desmentir as previsões sempre foi nosso forte.

NOTA DA AUTORA

Esta história chegou com grande força num dia em que, na minha cabeça, um pai apavorado começou a me contar o que alguém sente quando tentam lhe explicar que seu filho nasceu surdo.

O *amor imperfeito* é a história de um defeito invisível, porque a surdez, embora possa ser congênita, com frequência só é diagnosticada muito tempo depois, quando você já baixou as defesas, quando está concentrado em outra coisa, quando não está preparado para reagir. Por que, nos poucos segundos que se seguiram ao nascimento, você se limitou a contar os dedos do bebê e a esperar ouvi-lo chorar? Por que não fez outras perguntas, aquelas certas, que seguramente não mudariam o curso das coisas, mas agora ajudariam você a aliviar um pouco esse sentimento de culpa que está esmagando seu coração?

Sandra, a mãe, jamais conseguiria me contar tudo. Ela tem o estranho vício de se perder nos milhões de detalhes que exprimem o que é Matteo e não o que lhe falta. É por isso que quem fala é Alberto, fazendo o que todo chefe de família deve fazer: assumir o controle da situação.

Mas esse homem também quis me falar de sua grande vontade de escapar daquela que é a sua tão absorvente e extraordinária família para voltar a ser um adolescente sem preocupações, naquela parte da vida que ele sabe não ter vivido integralmente.

O *amor imperfeito* é a história de uma mãe que seria capaz de qualquer coisa para deixar a salvo sua família e seus filhos e de uma menina que não permite que em sua casa não sejam respeitadas as regras, porque no mundo silencioso de seu irmão não há espaço para a confusão, sobretudo a confusão moral, e um pai que decidiu bancar o adolescente é o pior obstáculo para realizar seu objetivo: o de seu irmão ter, apesar de tudo, uma vida feliz.

O *amor imperfeito* é sobretudo a história de Matteo, um garoto capaz de nos ensinar que, para ser extraordinário, não é absolutamente necessário nascer perfeito, mas com certeza precisa-se ter por perto alguma coisa ou alguém que inspire orgulho.

AGRADECIMENTOS

Escrever este romance foi como viver uma história de amor, um *crescendo* de sentimentos e emoções que fazem a gente se sentir adulto, correr riscos e talvez, se de fato for necessário, até assumir responsabilidades. Foi realmente belíssimo e o mais incrível é que, justamente agora que cheguei ao fim, me faltam as palavras adequadas para agradecer a vocês. Obrigada a todos os meus leitores pelo apoio e pelas emoções que me restituem ao me dizerem as coisas mais lindas para quem deseja exercer este ofício. Obrigada a Elisabetta por aquele dia em que me disse "confie em mim" e a toda a equipe Garzanti, porque por trás de um grande editor há sempre grandes pessoas. Um obrigada incomensurável a Silvia, mesmo sabendo que nunca será suficiente, porque muitas vezes ela acreditou nisto mais do que eu, o que não é pouco.

Mas esta longa história de amor é dedicada a Paolo, companheiro perfeito inclusive para todos os meus personagens, às minhas amigas especiais Stefania, Lucia, Francesca, Michela e Mari. Às pessoas que, apesar de tudo o que acontece, sempre me demonstram saber superar o tempo e ainda estão ao meu lado: Giuseppe, Salvatore e Michele. Às pessoas que me deixam feliz por tê-las ao meu redor: Marina, Lucia e Mauro, Massimo, Stefano e Claudia. À minha família, que como ponto de partida foi muito boa, que algumas vezes até foi tudo o que eu tinha e que será sempre o ponto de retorno: mamãe, papai, Fabio e Svetlana.

A Laura, que sempre me mostra o outro ponto de vista, aquele que de vez em quando esqueço ter vivido e me faz voltar a ser um pouco criança.

OBRIGADA

Impresso no Brasil pelo
Sistema Cameron da Divisão Gráfica da
DISTRIBUIDORA RECORD DE SERVIÇOS DE IMPRENSA S.A.
Rua Argentina, 171 – Rio de Janeiro, RJ – 20921-380 – Tel.: (21)2585-2000